せんせい2

ディーオー　原作
花園らん　著
鬼窪浩久　原画

PARADIGM　NOVELS 107

登場人物

仲田《なかた》 修一《しゅういち》

平安時代からの歴史を持つ仲田家本家に生まれる。冷静沈着でシニカルな性格だが、久美子には甘えているところもある。自分の中に流れる仲田家の血筋に、何かしら不安めいた気持ちを持っている。

沢田《さわだ》 久美子《くみこ》　仲田家に仕える家政婦の娘で、修一とは姉弟のように育つ。ある日突然、修一に何の説明もなく屋敷を出たが、修一の父親の葬儀のため帰郷。現在弓ヶ浦学園で教師をしている。

青山《あおやま》 梢子《しょうこ》　弓ヶ浦学園に研修に来ている教育実習生で、久美子の大学時代の後輩でもある。まじめで気が弱く、いつもおどおどしているが、快楽には貪欲な性質。現在久美子の部屋に下宿中。

泉《いずみ》 沙千保《さちほ》　弓ヶ浦学園の校長で、才色兼備な才媛。おっとりした性格でいつもにこやかなため、学園内でも人気者。朝は夫の車で学校まで来ることが多いが、夫婦生活に不満を持っている。

伊東《いとう》 京乃《きょうの》　弓ヶ浦学園で化学を教える非常勤講師で、エキゾチックな美女。ひとりで屋上にたたずんでいることが多く、無口であまり他人との接触を好まない。過去に大きな傷を負っている。

第三章　久美子

第四章　沙千保

目次

プロローグ　5
第一章　裏切りの淫痣　19
第二章　邪欲の実験　57
第三章　完全なる所有　85
第四章　禁忌への誘惑　115
第五章　支配と隷属　147
第六章　淫悦の企み　171
第七章　証された姦係　189
エピローグ　215

プロローグ

（あれは…………一年前？　二年前？　…………違う。そうじゃない。まだ、あいつと再会したあの日から、たった半年ぐらいしか時間が流れていないんだ）

登校途中、電車の吊革《つりかわ》を握りしめる仲田修一《なかたしゅういち》は、時折、右に揺れ左に揺れ……窓の外にひろがる青く黒ずんだ海をぼんやり眺めながら、ふと〈過去〉に想《おも》いを飛ばした。

（親父《おやじ》の葬式に、まさかあいつがやって来るなんて……。あの時、久し振りにあいつと顔を合わさなければ、こんなさびれた港町で高校生活を送ることもなかったんだよなぁ）

と、半分ほど開いた窓から、ひとしきり春風が舞い込んで、修一の髪や頬《ほお》を撫《な》でつけて行く。濃厚な潮の香りが、彼の鼻孔《びこう》をやたらにくすぐる。

（でもこの町の、粘ついてる空気と匂《にお》い……。なんかエロっぽくて嫌いじゃないぜ）

黙ったままほくそ笑み、わざと大きくスーハースーハーと深呼吸してみせては、斜め前の座席に座ったＯＬ風の女性の、豊満なバストを堂々と眺め下ろした。

寝不足気味なのか、さかんに舟を漕《こ》いでいるが、ボタンが三つも外されたブラウスの前合わせの奥から、黒いレースのブラに覆われた白い柔肉の谷間が、くっきりと修一の視界に飛び込んでくる。

（85センチ……いや、これはもっとあるぞ。88センチのゾロメあたりのＥカップか……。どうせ、どっかの巨乳好きなナンパ野郎に引っかかって、公衆便所がわりにヤラレまくってるんだろうな。クハハハハハ……）

プロローグ

修一の脳裏に、全裸になったEカップ女が、屈強な男に思いっきり尻《しり》をパチンパチンと叩《たた》かれながら、バックから、子宮口を打ち砕かんとばかりに肉棒をぶち込まれている光景が浮かんだ。

たちまち彼の学生ズボンの内側の分身が、硬く重量感を増してきて、窮屈なスペースをもろともせず、強引に自己主張しだした。

(そういえば、久美子《くみこ》の胸も、ガキの頃《ころ》からかなりのボリュームだったから、いまちゃんと測れば、この女とどっこいどっこいじゃねぇのかな?)

修一の淫《みだ》らがましいイメージのなかで、Eカップ女がいつの間にか〈あいつ〉に変わっていた。その彼女を凌辱《りょうじょく》する男は、修一にほかならなかった。

あいつ＝沢田《さわだ》久美子。

修一が高校一年の三学期から通うことになった、弓ヶ浦《ゆみがうら》学園の国語科の教諭だが、これがただの先生と生徒の関係ではない。

二人が幼い頃からずっと、修一の実家である仲田家本家の大屋敷のなかで、まるで姉弟のように育ってきたという親密な間柄なのだ。

ところが久美子は高校を卒業すると同時に、修一にひと言も事情を告げず、いなくなってしまった。彼は久美子に、はっきりと「裏切られた」と感じ、悔しい想いを抱きつつ、わざと久美子のことを忘れようと忘れようとこころみてきた。

季節がひとつ過ぎ、ふたつ過ぎ……一年、二年……経《た》つうちに、修一の意識のなかから久美子の存在が消えたように思われた。

事実、本人もとっくにそう思い込んでいた。

——が、半年前、修一のじつの父親が急逝し、その葬儀の真っ最中、彼は焼香の参列者のなかに久美子の姿を発見したのだった。

(いま思うと、あいつは、わざわざこの俺《おれ》に会うためだけに、イイ思い出なんてなにもないはずの本家の屋敷に、戻ってきたんだな。……………そうとしか考えようがない)

それは、秋本番というには、北風がやけに肌に冷たく、寒々しいばかりの午後のこと。

父親が死んだにもかかわらず、修一は涙ひとつ流さなかった。

哀《かな》しみをこらえていたのではない。

生まれてこの方、赤の他人に等しい生活をしてきた(男)が、亡くなったからといっても、修一には残酷なまでになんの感情もこみ上げてこなかった。死因についても、不慮の事故だとしか聞かされなかったが、彼の方からあれこれ詮索《せんさく》する気にもなれなかった。

むしろ、祭壇に飾られた父親の若かりし頃の写真を、あらためて眺め、本心から「へぇー、こんな顔をしてたんだ」と思ってしまう自分に、さすがに呆《あき》れて苦笑したほどだった。

修一の母親は、彼を産み落とすのと引きかえに、不幸にも病死したと聞かされていた。

となれば、彼を育てるのは当然、父親の責任であるにもかかわらず、当人はあろうこと

プロローグ

か、まだほんの幼い一人息子の世話のすべてを、本家の親戚《しんせき》に委《ゆだ》ねたまま、どこかに蒸発してしまったのだ。

以来、たった一度でも父親が修一を訪ねてくることはなかったし、また修一も積極的に父親を捜してみようとも思わなかった。慣れとは怖《おそ》ろしいもので、彼自身、いつの間にかそんな生活をけったいだと思わなくなっていた。

というより、だいたいが仲田家の血筋そのものが、きわめてけったいと言うべきで、平安時代より代々、宮中の手厚い庇護《ひご》のもとに長らえてきた、由緒正しい家柄らしいのだが――、とくに男連中は（もちろん修一も含めて）、揃《そろ》いも揃って眉目秀麗《びもくしゅうれい》および頭脳明晰《めいせき》な者ばかりなのだ。

おまけに、その親族同士の結束が異常なほど固く、毎晩のように修一の住む本家の屋敷のどこかで、わけのわからぬ宴《うたげ》を繰り返すのだった。

いったい大人《おとな》どもは、なんの目的で集まっているのか？

修一にはまるで見当もつかなかった。

ただ、一度だけ、ひどく酔っぱらった誰《だれ》かしらが、修一の面倒もよくみてくれていた家政婦の女に、庭の隅でしつこくちょっかいを出している〈現場〉に遭遇したことがあった。

彼に目撃されたと知るや、男はハッとして女を突き放し、いったんは照れ臭そうに部屋の方に戻りかけては、ふと立ち止まった。

「ふん。お前だって…………そう、お前だって仲田の血を引いてる限り、これはっかりはどうしようもないんだ。もうすぐきっと、わかるときが来る。きっと……な」

背中を彼に向けたまま、男はそれだけ告げると、なにがおかしいのか品のない笑い声をあげ、「きっとわかる、きっとわかる」を繰り返して去って行ったのだ。

修一は、そのときに男が口にした言葉の意味を、いまだに理解出来ずにいるが……。とにかくそんな毎日では、とてもじゃないが子供らしい教育環境など与えられるはずもなく、いつの間にか修一の方から意識的に、本家の大人たちとは気持ちを〈離して〉生きてきたところがある。

ヘンな話だが、彼は生まれてこの方、一度たりとも衣食住に困ったことはない。本家の屋敷のなかで生活している限り、オノレの欲するもので手に入れられないものは皆無だったし、またそれを特別なことだとも感じたことがない。両親ともに見捨てられた子供にとって、それぐらいの代償は贅沢《ぜいたく》のうちに入らないだろう。

——それでも修一の心にぽっかり大きな穴が空いているのも事実で、その穴を埋めるのにぴったりの存在だったのが、久美子だ。

久美子の母親は、本家の屋敷に大勢住み込んでいた家政婦のひとりだったが、まだ物心つく前の娘を屋敷に残し、蒸発してしまった。

つまり久美子も修一も、似たような境遇で育ってきたと言って良かった。

が、そうは言っても、まぎれもなく本家の直系の血をひく修一と、家政婦の娘とでは、しょせん立場が違った。

久美子はなにかにつけて仲田家の人間に疎《うと》んじられ、いじめられ、……そのたびにまだあまりに幼く、オノレの立場など意識してみることもなかった修一は、七つも年上の彼女を必死になって守ってきたのだった。

いや守ってきたというより、「俺と久美子は他人じゃない」と思い込むことで、修一なりに心のバランスを取ってきたというべきだろう。

「あいつの喜びも哀しみも怒りも苦しみも、みんなこの俺サマの想いとともにあるんだ」

そう信じて疑わなかった久美子に、一度は〈逃げられ〉て——、そしてまた偶然にも再会し、こうしていま、嘘《うそ》でも彼女を「先生」と呼ぶ生活をしている現実は、高校二年生になったばかりの修一にとって、運命の神様にもてあそばれているような、妙なこそばゆさを感じてしょうがない。

（あのとき、久美子の方がむしろ積極的に、この俺を本家の屋敷から遠ざけようとしてきやがった。考えてみれば、あいつが初めて俺に命令したんだよな。いつだって俺に守られてきた久美子が、いかにも……教師らしくな………）

修一の記憶のなかに、喪服をまとった久美子の姿が、鮮明によみがえる。

久美子は、緊張からか寒さからか、いつになく蒼白《あおじろ》い顔をして修一を、わざわざ本家の親族たちを遠ざけた場所まで引っ張ってきたのだった。

そして、自分が本家の屋敷を出た後、弓ヶ浦に移り住んで大学を卒業し、いまは地元の弓ヶ浦学園で念願の教師生活をしていることなどを手短に説明した。

「いま、私はとても幸せよ。だって学校の先生になるの、ちっちゃい頃からの夢だったんだもの。……修一クンもそのこと、知ってたでしょ？」

「へぇー、そんなこと、話してくれたような気もするけど、忘れちゃったな。ふたりでよくツルんでた頃のことは、みんな……」

修一はわざとそっけなく応《こた》えた。

久美子はしばらく黙ったまま、うつむき加減に地面をじっと見つめていたが、

「ねぇ……修一クン、あ、あの……ネ」

つぶやくように言うなり、さっと顔を上げて修一を見据《みす》えた。

「これから先、いったいどうする気？」

「ン？　そんなの、……べつになんにも考えてないよ。俺は、あまり深くモノを考えないタチなんだよ。久美子が急にいなくなろうが、親父が死のうが、べつに……な？」

「その話は、またあらためて、ってことにしましょ。時間がないから単刀直入に訊《き》くけど、あなた、……私がいま教師をやってる高校に、転校してくる気はないかしら？」

「……どういうことだよ？」

「じつは、私、修一クンのお父様の口利《くちき》きで、いまの学校に勤めることが出来たの。うん、もっと言うと、弓ヶ浦に移り住んだのも、お父様の勧めがあったからなのネ。弓ヶ浦は海辺の町で、とっても環境がイイところよ。あそこにはお父様が生前、住まわれた家もそのまま空いてるし、当面、生活には困らないと思うわ。それに、私だってあなたのそばにいれば、なにかと目が行き届くし……」

そこまで、おどおどしながらも、やや早口で話した久美子は、ちらりと屋敷の方を気にするように見やった。

（いろいろ、こいつなりの理屈はあるにせよ、結局は俺の知らない数年間、親父の力を借りて生きてきたというわけか。実の息子であるこの俺に、一度だって親らしい愛情を注いでくれなかった、そんなろくでなし野郎のそばで、お前は――）

修一の胸を、いろんな想いがめまぐるしく渦を巻いたが、あえて黙っていた。

かわりに別の台詞《せりふ》が口をついて出た。

「なぁ、……なんで、いま頃になって俺を誘うんだ？」

「え？」

「この屋敷を出て行ったきり、何年もの間、一度だって連絡をよこさなかったお前が、じつの息子ですら顔をよく覚えてない、ろくでなし親父の葬式に来ている……。それだけだって十分に『なんで？』って思うのに、さらにこの俺に、いますぐ久美子――じゃない、沢田先生のいらっしゃる、そのなんとか高校に転校しないかと誘ってくるとはネ」

「やめてよ、沢田先生なんて、他人行儀な言い方は……。でも、いきなりで驚かしちゃったことだけは謝るわ。ごめんなさい」

「………」

今度は、地面をじっと見つめるのは修一の方だった。

「ねぇ、知らない土地で一人暮らしするのは、嫌？　もしかして怖《こわ》いのかな？」

久美子はクスリと笑った。

「いまの俺に、怖いもんなんてねぇよ」

俯《うつむ》いたまま、低い声で吐き捨てるように言い、ぺーッと、わざと久美子の足許《あしもと》に向けて唾《つば》を吐いた。

「キャッ」

と久美子はよけて、

「ご、ごめん……なさい。私、そんなつもりで言ったわけじゃないんだけど」

「俺にとっては、このままこの屋敷で暮らそうが、お前の住んでる町に引っ越そうが、たいした違いはない。そういうんじゃなくて、久美子が今頃、なんで――」

「あなたが大切だからよ。昔、私のことを助けてくれたもの、修一クン」

修一の言葉をさえぎって、久美子は言った。

「俺が…………………お前のことを？」

「そうよ、もう忘れちゃった？　ほら、私がいつものように、本家のヒトに理由もなく叱《しか》られていて……。そしたら修一クンが……」

「そんなの、覚えてねぇな」

半分は本当で、半分は嘘。久美子との思い出は、彼女がある日突然、いなくなってしまったと同時に、意識して記憶の彼方に追いやってしまっていただけだ。

「とにかく、こんなところに長くいちゃダメよ!!　修一クンのために絶対に良くないわ」

小声だが、やけに厳しいトーンだった。

「なんで？」

「…………なんでも」

「理由は？」

「そんなの必要ない。ダメなものはダメ。それだけで十分のはずよ、いまのあなたには」

「…………」

一緒に暮らしていた頃、いつだっておとなしかった久美子が、こんなに言い張るのを修一ははじめて目の当たりにした。

その違和感こそが、ふたりが別々に生きてきた数年間の〈なにか〉を物語っているような気がして、修一はいまさらのように久美子をじっと見つめた。

「ン？　ど、どうしたの？」

「べつに……。イイよ。お前と一緒に、その…………弓ヶ浦？　引っ越すことにするよ」

感情のこもらない声で応えた。

そこに、本家の家長である祖父がやって来て、修一とおなじく感情のこもらない口調で訊いた。

「葬式もあらかた終わったが、お前はこれからどうする？」

「この屋敷を出て行くことにします。こいつと一緒に」

久美子の腕をぐいとつかんで見せた。

「ふむ……。そうか、修一がみずから選ぶというわけか」

祖父は久美子を一瞬、じろりと睨《ね》めつけ、すぐにさして関心なさげに、

「ま、それもよかろうよ」

きびすを返すと祖父はさっさと行ってしまった。

じつの父親を亡くした子と、その祖父のやりとりにしては、呆れるほどあっさりし過ぎている。が、仲田家ではべつに不自然でもなんでもない、ごくごく日常的なヒトコマに過ぎなかった。

(俺はそれから数日後、久美子に案内されながら、弓ヶ浦へと向かう……そう、この電車に乗ってたんだよな)

修一はもう一度、大きく深呼吸をして、潮気をたっぷり含んだこの町の匂いを味わった。

(俺じゃない、お前の方からこの俺を誘ってきたんだぜ。どういうつもりか知らないけどよ。ククククク……)

彼の学生ズボンのなかでは、いまだ衰えを知らぬ分身が、ぴくんぴくんと鎌首をわななかせて痛いほどだった。

(いまさら俺とあいつとが、教師と生徒なんて、当たり前の関係でいられるわけがないんだ。……なぁ、沢田先生?)

修一は誰にも見られぬように、ズボンの上から右手で怒張をわしづかんだ。

火傷《やけど》するほど熱い感触が彼の掌《てのひら》に伝わった。

第一章　裏切りの淫痣

二年B組の修一の担任は、世界史の教師の磯谷《いそや》という、風采《ふうさい》の上がらない三十男だった。授業の進め方も下手《へた》、人間的魅力もゼロ。なのに多くの生徒がなぜ、この教師には出来るだけ逆らわぬように学校生活を送っているかというと、磯谷が生活指導の担当教官をしているからにほかならない。

生徒とトラブルが起きて、あきらかに自分に不利な状況が訪れても、すぐに〈内申書〉をタテに立場を逆転させ、恐喝同然の暴言を吐いてケムに巻いてしまうのだ。

——その生徒の天敵、磯谷に、修一は転校してきて以来、ずっと、どういうわけか目をつけられている。

ほんの数分前に終わった、卒業後の進路指導の面談の席でもそうだった。

修一が教室にあとから入って行くと、待ってましたとばかりに磯谷は、わざとかったるそうに両脚をだらしなく前に投げだし、貧乏揺すりまでさせて、

「お前さぁ、マジでやる気、あんの？」

修一の、記入済みの進路希望用紙を振りながら言った。

「第一希望、第二希望、第三希望、すべての欄が『特になし』。なんだ、こりゃ？　大学行くのか、行かねぇのか？　はなからやる気もクソもねぇ、落ちこぼれ野郎のために、なんで多忙のこの俺《おれ》が、ごていねいにも付き合ってやんなきゃならねぇんだよ？」

「…………」

「貴様みたいにふざけたガキでもな、この学校の生徒である以上、俺はしっかりと進路指導をして、教務主任や教頭、校長にも報告をしなくてはならん。『特になし』のまま、この用紙を提出されると、この俺が恥をかくんだよ。これ以上、まともに話してるだけでもばかばかしい。イイか、仲田修一、よく聞けよ。貴様の第一志望は……、○×大学の△□学部だ。決まりだ。以上、進路面談は終わり。もう帰ってイイぞ」

磯谷はいらだたしげに、修一の進路希望用紙の第一希望の欄に、『特になし』を二重線で消して勝手に『○×大学△□学部』と書き直した。

そこは全国的にも有名な、あまりにローレベルな大学だった。

(チッ、こんなことで俺サマを痛めつけたつもりになってやがる。ちんけな男だぜ)

が、その〈ちんけな〉男の、職権を濫用した卑劣きわまりない言動を、結局はそのまま受け入れざるを得ない、いまの自分の立場が——もどかしくてたまらなかった。

(このままで済むと思うなよ、磯谷。そのうちにいつか……そう、いつか、あんたの決定的な弱味を握ってみせるからな)

修一は内心、磯谷へのルサンチマンをより一層、増幅させたまま、誓うのだった。

◇　◇　◇

修一はこの新学期から、美術部の部員として、放課後は油絵を描くことになった。

べつに本人は正直、さしてやりたいことでもなかったが、美術部の顧問の久美子に「どうしても」と誘われて、ある条件と引き替えに、入部をOKしたのだった。

ある条件――久美子がもし、油絵のモデルになってくれるのなら、というものだ。

が、いざ彼が入部してみても、いつまでたっても久美子は、なかなかモデルの件を実行に移そうとしない。修一がそれをなじるたびに、明日、また明日と日延べされ、イイ加減、彼も面白くなくなってきた。いちおう学校のなかでは、いくらツーショットであっても、あくまで教師と生徒の間柄らしき口調を心がけるよう、久美子からきつく言われていたが、今日はその約束を意識的にぶちこわしたい気になった。

このところ磯谷の件で、胸中穏やかでないことが、その修一の衝動に拍車をかけていた。

「なぁ、久美子……。いったいいつになったら俺の油絵のモデル、やってくれるんだ?」

「な、仲田クン、そ、それは……。学校のなかでは、ちゃんと沢田先生って………」

「ンなこと、知らないネ。呼び名はどうあれ、俺は俺、久美子は久美子……。俺にとっては〈あの〉久美子でしかないんだ。あんまり偉そうな態度、しないでもらいたいぜ」

修一はやや声を荒げた。それはたしかに本心だが、いま言わなければならないことでもない。神経が高ぶっていて、胸のあたりのモヤモヤが、つい言葉になって出てしまった。

久美子はぶるると震えるようにして、

「ご、ごめん……なさい。あなたの言うとおり……そうよネ、それが入部の条件ですものネ……。なんか、修一クンの絵のモデルになるの、照れ臭くて……それで、なんだかんだ逃げてただけなの。それであなたが傷ついたのなら、謝るわ。本当にごめんなさい」

修一に対して深々とお辞儀をした。そんな久美子の姿と接しているうちに、そして彼女の「ごめんなさい」と謝る声を聞いているうちに、修一の記憶がにわかに掻《か》き回《まわ》りだした。

父親の葬儀のときは、ほとんど忘れかけていた記憶が、なぜかいま、断片的だがはっきりとよみがえってきたのだ。自分が思わず口にした、〈あの〉頃《ころ》の情景が――。

「そうだ、毛虫だよ、久美子？」

「え？　……なんの話？」

「そうだよ、あのとき、俺はお前のために毛虫をとってやったんだよ。ブチュッと……」

「ブチュッ………と？」

怪訝《けげん》な表情の久美子をよそに、修一の脳裏に、まだ幼いばかりの修一と久美子が映しだされるのだった。

秋もだいぶ深まってきた頃の、ある日のこと。

庭の片隅で久美子が、膝《ひざ》をかかえて泣いていた。修一が見つけ、近寄ってみると久美子の右手首や甲から血が流れている。折檻《せっかん》されたとおぼしきアザも、いくつもあった。

見るからに痛々しげな久美子の姿は、いつだって慣れっこだったが、その日はやけに、白く透《す》き通《とお》るほど艶《つや》やかな久美子の肌と、鮮血の真っ赤な色との対比が、グロテスクなばかりに修一の目に映った。

「またヤラレちゃったんだ？」

「ううん、違うの。私がみんな悪かったの。だから……」

まともに顔をこちらに向けられず、伏し目がちに細い肩をふるわせるばかりの久美子を前に、幼い彼は、なににどう対処してよいやら見当もつかなかった。

自分の方が泣きたい気持ちだった。

――そのとき、どういうわけか一匹の毛虫が大木の枝からぽろりと落ちてきて、久美子の肩にくっついたのだ。中指の太さほどの、焦げ茶の胴体にオレンジと黄緑の斑点《はんてん》がいくつも散らばっている毛虫だった。修一はすぐに気が付いたが、しばらく黙って見ていた。

毛虫の動作は意外と素早く、もっそりもっそりと毛足の長い身をくねらせつつ、久美子の着ていた白いセーターの胸元あたりまで移動してきて、やっと彼女もハッとした。

「キャ、キャァ〜ッ、け、毛虫……取ってぇ〜!!　お願いよぉー、早く取ってぇ〜!!」

大声を上げて久美子は取り乱し、ジャンプしたりセーターを揺すってみたりしながら、「取ってぇ〜、取ってぇ〜」と修一に救いを求めてくる。

「なんだ、久美子って、毛虫、嫌いなの？」と、なんの気なしに修一が訊《き》いた。

「あ、当たり前よぉー。毛虫が好きな女の子なんているわけないじゃない。あ〜ン、私、だいっ嫌いなのぉー、毛虫……。あ〜ン、お願いだから、早く、これ……取ってぇ〜」

「わかったよ」

修一は、久美子のセーターからいともたやすく毛虫をつまみ上げ、左手の掌《てのひら》に載せた。

「いい？　久美子がだいっ嫌いなものはネ、全部、この俺が目の前から消してやるよ」

言うが早いか、彼はその掌を閉じて、固く拳《こぶし》を握りしめた。

ブチュッ。気色の悪い音が響いた。

ふたたび手を開くと、潰《つぶ》れた毛虫がなおもまだ、頭の部分を小刻みにうごめかせていた。

「ほぉら、この通り」

「や……やめ………て……」

先ほどまでの大騒ぎが嘘《うそ》のように、久美子は毛虫の死骸《しがい》から目をそむけるなり、その場にうずくまってしまった。

そしてぽつりと、「そんなの、見せないで。……残酷よ、修一クンって」

「どうして？　嫌いなモノはさ、こうやって目の前から消しちゃえばイイんだよ。簡単なことだよ。自分でやるのが怖いなら、俺がかわりにやってあげるよ。いつでも……ネ？」

――久美子の記憶のなかにも、たしかに、潰れながらなおも醜《みにく》くうごめく、毛虫の姿がよみがえりつつあった。毛虫だけじゃない。その時の修一が、なにげなく口にした言葉。

『嫌いなモノは消しちゃえばイイんだよ』

たしかに、修一はそう言った。それも、口許《くちもと》に誇らしげな薄笑みを浮かべながら……。

「あ、あの……ネ、修一クン……そ、そういえばさ、今日から教育実習が始まったでしよ？　青山梢子《あおやましょうこ》っていう物理担当の女の子がいたの、覚えてる？」

「なんだよ、いきなり……。青山……？　ああ、もしかして、チビで眼鏡《めがね》かけてて、どうしようもないくらいに緊張してやがった、あの教生のこと？」

「そうそう……。彼女、私の出た大学の後輩でネ、自分のウチからだとここまで通うのがちょっと大変だから、教育実習の二週間だけ、私のマンションに泊めてあげてるの」

「ふうん、でもさ、まぁ、俺が心配することじゃないけど、あんな調子で大丈夫なのかなぁ？　見るからに自信なさそうだし……教える立場の人間が、俺たち生徒に介抱されるっていうんじゃ、洒落《しゃれ》になんないぜ」

「うん、まぁネ。梢子チャン、とっても勉強家だし、性格だって優しいイイ子なんだけど。やっぱり……あんな調子だとねぇ」

　ふたりの言う〈あんな調子〉とは、今朝、講堂で開かれた全校集会にて、教生ひとりひとりが全教職員と生徒の前で、なにか一言ずつ挨拶《あいさつ》することになった、その時のこと。

　みな一様に緊張していたことはたしかだが――、なかでも梢子だけが、異常なほど舞い上がってしまった。「あの」だの「その」だの「じつは」だのワケのわからないことを、つっかえつっかえ話しているうちに、自分でもどうして良いやら困り果ててしまったのか、壇上でうつむいたまま動かなくなったのだ。

　本人にとっては大パニックだったろうが、多くの教師も生徒も、あまりの失態に呆《あき》れて笑いだすほどだった。咄嗟《とっさ》の判断で、壇の隅にいた生徒会の役員をしている三年生が数名、梢子を両脇《りょうわき》から抱えるようにして、やっと壇から降りられたのである。

「お願いだから、イジメないであげてネ」と、久美子はぽつりと言った。

「イジメる？　この僕が？　それは心外ですねぇ、沢田先生。そんなこと、するはずないじゃないですか。僕、ちっちゃい頃からずーっと、か弱い女性の味方なんですから」

なぜか修一の口調が、学校のなかでの〈約束〉通りに戻った。

「え、あ……そ、そうだったわネ。修一クンはいつも、私の味方だったですものネ」

久美子は無理に笑顔をつくろってみたが、どこかぎこちない。

「違うでしょ、先生」

「え、……なにが？」

「だから、修一クンじゃなくて、名字で呼ぶんでしょ、学校のなかでは」

「あ、ご、ごめんなさい。そうよネ、私が決めたんですものネ。約束は守らなくちゃ」

「当然ですよ。一度かわした約束は、ちゃんと守ってもらわなくちゃ。——というわけで、僕の油絵のモデル、約束通り、いまからお願いしても構いませんよネ、沢田先生？」

ニヤリと修一は笑ってみせた。その表情には、毛虫を潰した時と同様の、ある種の誇らしさがにじんでいた。

「え、ええ。そう……よネ。約束だもの、いつまでも引き延ばすわけには行かないわネ」

久美子は、自分に言い聞かせるように言ったのだった。

◇　◇　◇

「——そう言えば仲田クン、磯谷先生からお聞きしたけど、卒業後の進路調査、まじめに受けようとしなかったんですって？　怒ってたわよ、磯谷先生は」

黙ってデッサンを描き始めた修一の目の前で、椅子《いす》に座ったまま、彼の決めたポーズを取り続ける久美子は、その沈黙に耐えきれなくなってか、つい言葉が飛びだした。

磯谷という単語に、修一はぴくりときて、さらさらと流れていた筆が一瞬、止まった。

「こんな時に、一番嫌なヤツのこと、思い出させないでよ。あんな、最低のクソ野郎が担任だなんて、俺……そろそろブチ切れそうなんだから」

チッと舌打ちし、ふたたび筆が動きだす。

「まぁ、たしかに磯谷先生、生徒たちの評判が良くないけど……。でもけっして悪いヒトじゃないのよ。教育熱心だし。ちょっと誤解されやすいタイプなのかな？」

「へぇー、沢田先生は、あんなろくでもねぇセン公の味方するんだ？」

「そんなんじゃないわ。あなたのことが心配なだけよ。志望大学の第一希望の欄に、○×大学って書かれてるのを見て、私、目を疑ったの。もっとちゃんと自分の将来について、考えた方がイイと思って……」

「ふん、あんなとこ行くくらいなら、最初から進学なんてしないよ。意味ねぇもん」

「だったらどうして？」

「さ、どうしてでしょうネ？　俺は知らないよ。アイツが勝手に書いちゃったんだから」

「……………………そうだったの」

「ハイ、磯谷の話はもうおしまい。せっかく俺の描く先生の絵が汚れちゃうぜ。あ、ほらほら……余計なこと考えてるから、ポーズが崩れちゃったじゃん」


修一は磯谷への恨みを振り払うように、わざと平静を装って久美子のそばに走り寄る。

「ほら、もうちょっと目線はあっち。そう……うん、それそれ。あ、イイじゃん、そのまま……あ、ついでに髪の毛なんか、なにげに掻き上げてくれちゃうと……」

「えー、髪の毛？　う～ン、なんか本物のモデルさんみたいで恥ずかしいなぁ。……えー、こんな……感じかしら？」

修一のすぐ目の前で、やや頬《ほお》を赤らめた久美子は、キューティクルが光沢を放つ艶やかな髪をすくい上げて、うしろへやった。その時、修一ははっきり見てしまった。

ハッとするほど色白なうなじに、くっきりと赤黒い色素沈着!!

「あ、キスマーク……」

「え、あ……ヤだ、……ごめんなさい……」

久美子は、あわててブラウスの襟《えり》を立てて隠したが、遅かった。

気まずい沈黙がややあって、「なぁんだ、先生……付き合ってるヒト、いるんだネ？」

「…………………ええ、まぁ……」

ふたたび沈黙が、先ほどより長く続いて、「じつは……ネ、私…………婚約したの」

「――――!?」

彼の意識のどこかで、ブチュッと気色の悪い音が響いた。あの日、久美子のために毛虫を潰した、なんとも形容しがたい感触と音が、修一のなかで異様にフラッシュバックした。

「つい最近のことなの。そのうち仲田クンにもちゃんと報告しなくちゃいけな――」

「そう、婚約………へぇー、婚約したんだ、久美子……。ふうん、お前が婚約ねぇ」

修一は久美子の台詞《せりふ》をさえぎった。

感情のこもらない喋《しゃべ》り方《かた》だったが、もう〈沢田先生〉ではなかった。

「な、仲田クン、あの……ネ、そのぉ、誤解されちゃ困るんだけど、私が黙ってたのは、べつに……だから……」

久美子は修一の〈変化〉に気付き、うまく説明しようと思うが、言葉が見つからない。

「おめでとう。良かったじゃん、久美子」

「え、…………あ、ありがとう。でも…………、ホント、ごめんネ、いままで隠してて」

「なんで？　なんでお前が謝るの？　俺とは姉弟のように育ってきた久美子が、結婚するだなんて、おめでたい話じゃん。俺に謝ることゼーンゼンねぇよ」

「………」

「俺より七つも年上なんだからさ、やっぱ、そういうお年頃ってやつだろ？」

「ヤぁ〜だ、お年頃だなんて。私をそんなにオバン扱いしないでよぉ〜」

久美子はややホッとしたのか、勝手に修一から許しがもらえたと思っておちゃらけた。

久美子の笑い声だけが美術室に響く。

ブチュッ——またしても修一の意識のなかで、なにかが気色悪い音をたてて潰れた。

◇　◇　◇

そのあと、なにごともなかったように時間が過ぎて行った。なにごともなかったように修一は久美子のデッサンを描き、久美子もポーズを取り続けた。

下校時刻をとっくに過ぎて、ふたりは美術室をあとにした。

久美子は教員室へ、修一は下駄箱《げたばこ》のある玄関ホールに向かおうとして、自分の教室に忘れ物をしたことを思いだした。コツコツコツ……薄暗い廊下、そして物音ひとつしない空間に、彼の足音だけが規則正しくこだまする。

「じつは……ネ、私…………婚約したの」

黙りこくって歩く修一の意識のなかで、久美子が発したその台詞だけが、神経を逆撫《さかな》でするかのように何度も何度もリフレーンする。

——久美子のうなじに浮かび上がった、赤黒い色のアザ。

（久美子にはすでにもう、特定の相手がいるんだ……）

当たり前の話だ。その当たり前のことを、どうしても受け入れられない自分がいる。

(わからない……久美子の考えてることが、俺にはまるでわからない)

いったんは修一の元から消え、別々の暮らしを数年間続けてきたはずなのに、自分から彼のところに戻って来ては、いきなり「とにかく本家の屋敷を出なさい」と言ってきた。

いま、教師と生徒の関係ではあるが、ふたたび身近な存在になっている。

——なのにまた、久美子は修一を捨てようとしている。

昔は姉と弟。いまは教師と教え子。

(そんなに俺と距離をおきたいなら、なぜこの俺に近づいてきた?)

思考がめちゃくちゃに乱れたまま、誰もいない教室の自分のロッカーのなかから、私物を取り出すと、そのまま鞄《かばん》に押し込んですぐにUターンした。

あらためて下駄箱で靴を履き替え、近道して裏の校門をくぐったところで、たまたま正門の方から回ってきた久美子と、鉢合わせになった。

修一の方が先に気付き、「なんだ久美子、もうとっくに帰ったんじゃなかったのか?」

胸のなかにモヤモヤを押し込めたまま、修一は声をかけた。

うつむき加減の久美子はその声にビクッとした様子で、

「あ、……な、仲田クン……!? あなたこそ……いままで校舎のなかにいたの?」

「ちょっと、忘れ物しちゃってネ」

「え、あ……そう……なんだ。じゃあ、気をつけて帰ってネ。もう遅いから」

「わかってるよ。俺だってもう、あの頃とおんなじガキじゃないんだから」

「そ、そうネ。もうあなたは、あの頃の仲田クンじゃないものネ」

久美子は笑ってみせた。かなり無理した笑みだった。

修一は彼女の様子がおかしいと感じた。どこか、すぐにもこの場を立ち去りたい……そのようなぎこちなさが見受けられたのだ。そして修一自身も、このまま不愉快な疑問をへばりつかせたまま、ウチに帰る気にはどうしてもならなかった。

「あのさ、……久美子にひとつ、訊いておきたいことがあるんだけど」

修一が思いきってそう切り出した時、

「久美子せんせ〜、ごめんなさ〜い、お待たせしちゃって」

やけに間が抜けたトーンの、聞き覚えのある男の声が、久美子の後方から飛んできた。磯谷だった。彼は、いつになくはしゃぎ気味で走ってきたが、〈お目当て〉の横に修一が立っているのを知って、突如、減速する。

「おいッ、……お前は仲田か？　そんなとこで久美子……沢田先生となにしてんだ？」

(チッ、お前こそ、久美子になんの用だ？)

言いたかったが、もちろん黙っていた。

「いいえ、……仲田クン、美術部で、遅くまで作品制作に取り組んでくれていて……」

修一の代わりに久美子がフォローする。

「……ってことですから、どうも」

磯谷に軽く会釈し、修一はくるりと回れ右をした。立ち去り際、久美子に、

「なんか俺、邪魔者のようだから、さっきの話はまた今度にしますよ、……沢田先生」

「そ、そうネ、その話はまたにしてちょうだい。……ごめんネ」

久美子は修一の肩にそっと触れ、もう一度「ごめんネ」と言った。

そのまま修一がその場から消える——だけなら問題はなかった。

が、背中を向けた彼に、聞こえよがしに磯谷は、

「沢田先生、気をつけた方がイイですよ、そいつには。澄ましたツラしやがって、本当は裏でなにを企《たくら》んでやがるか、わかったもんじゃないんだから」

修一の足がぴたりと止まる。その背中になおも磯谷は言い放つ。

「おい、仲田ッ、いくら美術部員だからって、イイ気になってるんじゃないぞ。それに沢田先生も、十分、用心してもらわなくちゃ。かりにも若い男と女なんですからねェ」

「磯谷先生!! そういう言い方は、いくらなんでも不謹慎です。やめて下さい」

久美子のいつにない険しいモノ言いに、さすがの磯谷もしゅんとなってしまう。

が、修一は面白くない。自分が〈守るべき〉久美子に、〈守られる〉わけには行かない。

修一はふたたび回れ右をし、早足で磯谷に向かって行く。身長差では、修一がやや磯谷

を見上げるような恰好《かっこう》だ。いったん磯谷をキッと睨《にら》みつけてから、久美子を見やって、

「せいぜい、沢田先生も夜道には気をつけて下さいよ。男なんて、教師だろうがなんだろうが、一度心を許したら、つけ上がるだけつけ上がる生き物なんですからネ」

「な、なにをぉーッ、この野郎、かりにも担任教師に向かって!!」

カッとなった磯谷は思わず、修一の胸倉をつかんで振り回した。

「イイんですかねぇ？　それこそ、かりにも担任教師が、受け持ちのクラスの生徒に暴力なんかふるっちゃって……」

「そ、そうですよ、磯谷先生……とにかく落ち着いて!!」

久美子もふたりの間に割って入る。

「いや、沢田先生は黙って見ていて下さい。こういうクソ生意気な生徒には、ときには愛のムチも必要なんですよ」

磯谷は修一に足払いをかけて、その場に転がした。はずみで修一の顔は、半開きの裏門の角にぶつかり、右頬が真っ赤に腫《は》れ上《あ》がってしまった。

「仲田ッ、……立てよ!!　こらッ!!」

修一の胸倉をつかみ、さらに制裁を加えようとする磯谷を、今度こそ真剣に久美子が「やめてぇ～!!」と阻止した。

「仲田クン、大丈夫？　まだ保健室が開いてると思うから、さ、早く行きなさい」

無理やり修一を、追いたてるように磯谷から引き離した。
「アイツが大げさなだけですよ。わざと痛いふりしやがって」などの磯谷の声と、それを
「まぁまぁ、先生も大人《おとな》げないい」とたしなめる久美子の声を背中で聞きつつ、とりあえず
修一は言われた通りに保健室へと向かった。
磯谷のあいかわらずの、教師にあるまじき態度にはもちろん腹を立てたが、それ以上に、久美子になれなれしく振る舞う彼の姿が、修一のなかの怒りを倍増させた。
(クソーッ、ゴキブリ野郎の分際で、久美子に先輩教師風吹かせやがって……。イイ気になるのもたいがいにしろよ。モノには〈分不相応〉っていう現実があることを、お前がだいっ嫌いな生徒の、この俺サマが、じきじきに教えてやろうじゃないか)
修一は唇をギュッと噛《か》んだまま、口許に不適な笑みを浮かべたのだった。

◇　◇　◇

――保健室はすでに閉まっていた。

仕方なく自動販売機でよく冷えた缶入りの烏龍茶《ウーロンちゃ》を買い、その缶を頬の腫れた部分に押し当てた。そのままゆっくりと後ずさりしつつ、なんの気なしに振り返った途端、そこでぼーっと立ち尽くしていたらしい〈先客〉に真横からぶつかってしまった。

「キャァー!!」

はかなげだが甲高い女性の声が上がり、ほぼ同時に、宙に真っ黒い液体が舞った。

「うわッ、あっちぃー!!」

〈先客〉の手にしていた紙コップ入りのホットコーヒーを、修一はダイレクトに頭からぶちまけられてしまった恰好だ。

「ゴメン……なさい。………大丈夫………です……か？」

ぼそりぼそりと小さな声で訊いてきたのは、教育実習生の青山梢子だった。

こうして間近で接してみると、全校集会で見ていた以上に小柄かつ華奢《きゃしゃ》な体つきだ。

その、あまり精気の感じられない風貌《ふうぼう》や落ち着きのない態度も重なって、修一より年上の女だとはどうしても思えない。

(こりゃ、全身から『いじめて下さい』って電波を発しまくってるような女だぜ)

修一は内心、ニヤリと笑った。コーヒーがかかった左手を、それがさも当然のように、梢子の身につけていた紺地のブレザーに押しつけてぬぐった後で、

「なぁ、……あんたの目には、これが大丈夫に見えるのかい？」

彼女の頬を、甲の部分で何度かぱちんぱちんとはたいてやった。

梢子はされるがままで、どうして良いやらわからず、まん丸で大きめの眼鏡フレームの位置を直しながら、「…………………痛い、……ですか？」

「ああ、痛いネ、思いっきし。……どうしてくれるんだよ？」

「あ、すぐに……保健室で手当を」

「ナニ寝ぼけたこと言ってんの。保健室はとっくに閉まってるさ。それに火傷《やけど》だろ？　すぐこの場で手当をしないと、跡が残ったりするんだぜ。あんた、責任取ってくれる気？」

「責任……です……か……」

「教生だろうが、俺たちにとってはれっきとした先生なんだからさ、そのあんたが、生徒の俺に熱いコーヒーをぶっかけて火傷させるなんて、これ、けっこう事件でしょ？」

「…………あの…………どうすれば…………イイのでしょう……か……？」

痛々しいまでにおびえた様子で、首をすくめるばかりの梢子を前に、修一のなかの嗜虐《しぎゃく》的な悪戯心《いたずらごころ》が、むらむらと萌《きざ》してきてしまった。

本当はたいして熱いコーヒーではなかった。

左手の甲はたしかに赤くなってはいるが、火傷などと呼べるレベルじゃない。痛みなら、頬の腫れの方が何倍もひどいくらいだ。彼女の、そのあまりに気の利《き》かない言動に触れ、からかってやらずにはいられなくなっただけである。

とくにいまは――、久美子の婚約のことや磯谷に暴力をふるわれた件でむしゃくしゃしているために、その邪《よこしま》さに、より一層の拍車がかかる。

「とりあえずさ、あんたの舌で、俺のこの……火傷したところをペロペロ舐《な》めて治療してくれよ。ツバには、殺菌効果もあるっていうだろ？」

「えッ!?　な、舐めるん……です……か？」

「そ。応急処置、応急処置」

修一は急《せ》かすように、梢子の鼻先にその手をかざした。

彼女は戸惑いに頬を引きつらせていたが、ややあって「ぐぐぅ」と喉《のど》を鳴らしたかと思うと、自分の方から修一の左手を両手で支えるようにした。

そのままゆっくりとした仕種《しぐさ》で、火傷の跡の部分を自分の口に持って行くと、ためらいがちにちろちろと舐めだした。

(お、おいッ、こいつ、ホントに俺の言葉を真に受けて――!?)

口には出さぬが、修一は大いにたまげた。

梢子の柔らかくてぬめった舌腹が、彼女自身の温《ぬく》もりそのままに修一の皮膚《ひふ》を刺激する。

自動販売機のディスプレーが放つ輝度《きど》の高い明かりのなか、梢子の舐めたぬめりのある軌跡《きせき》がやけにリアルに浮かび上がる。

(う、………こそばゆくって……き、気持ちイイ……)

彼は生唾《なまつば》をごくりとやりつつ、しばし梢子の口許を黙って見下ろしていた。

彼女の、いかにも薄幸そうな小さくて薄い唇の間から、毒々しいまでに濃ピンク色の肉襞《ひだ》が、さかんに上下左右に動き回っている。

〈そこ〉だけが――、彼女のなかに潜んだエロティシズムの本性を物語っているようで、修一はもうたまらない。分身が、学生ズボンの内側でぐぐぐと鎌首をもたげだした。

(こいつぅー、ひょっとすると……とんでもないタマかもしれないぜ)

そうだそうだ、と、怒張がヒクつきながら返事をしてくる。

修一はとっさの思いつきで、イチかバチかの賭《か》けに出ることにした。

「あのさ、……そんなところより、こっちの方がもっとヒリヒリするんだけどネ」

言うなり、梢子の頭をつかんでは、そのまま強引に頬の腫れた部分に近づけた。

「あぁ…………。こんなにひどい火傷!! みんな、私の…………せいなんですネ……」

梢子はなんの疑いもなく、いかにも申し訳なさそうに言った。そして修一の企み通り、患部に舌を這《は》わせると、手の甲以上にていねいに舐めまくってきた。

ペチョッ、クチュチュッ……なんとも淫靡《いんび》な舌音とともに、彼女の吐息まじりの甘酸っぱい香りが、もわ〜っと修一の嗅覚《きゅうかく》を攻めたてるのだ。修一にとって、自分の頬をただ繰り返し繰り返し女に舐めさせるという行為は、まさしく生まれて初めての経験だった。

めちゃくちゃ興奮していた。まだ少しもいじっていないにもかかわらず、海綿体はカリの先から根元まで、目一杯に鮮血が注がれている。まごまごすると、このまま漏らしてしまいそうなのを、意識のどこかで「おいおい」と制御しているほどだ。

放課後といえども学校の内部で、しかも相手が、ほんの数分前まで言葉すら交わしたことがない〈未知の〉女だというところが、淫情《いんじょう》をより強烈に揺さぶっていた。

もちろん、それだけにリスクも当然ついて回るわけだが、この女に限ってけっして騒い

だり暴れたりしないだろう、と修一はこれまでの経験則からそう判断したのだ。

（こいつは真性のマゾだ。間違いない!!）

彼は正直なところ、いくら美人でも、先天的に被虐的な性癖のある女は好みじゃない。女を心理的に追いつめて〈いじめる〉プレイは修一の得意とするところだが、こちらの要求を単純になんでも受け入れてしまうような、機械やロボットにも等しい、自己判断力の欠如したマゾ奴隷など、これっぽっちの魅力もなかった。

だからこそ逆に、いざその手の女を目の前にすると、めちゃくちゃそいつの身も心もズタズタにし、嫌というほどオノレの愚かしさを思い知らせたい衝動に駆られるのだった。

「しっかし教育実習だかなんだか知らないけどさ、あんた……本当にそんなちんけな洞察力で、教師になるつもりなのかよ？」

「は？　どういう意味ですか？」

「俺にだまされてるってことが、なんでわからないんだよ？　バッカじゃねぇの？」

「…………」

いぶかしげに小首を傾《かし》げた彼女の唇を、いきなり修一は奪ってしまった。

「う、うぐぐぅー……………」

梢子は息苦しさにややうめいてみたものの、まるであらがってはこない。

いや、むしろキスがしやすいように体の向きをずらし、修一の舌を喉の奥まで受け入れたばかりか、自分の舌をもぴたりとジョイントさせてくるほどだ。

時折、彼女の鼻から甘いうめき声が漏れるとともに、口の端からツツツーッと透明で粘っこい糸が一本、また一本と垂《た》れ落ちる。

床にはふたりの天然ミックスジュースによって、奇妙な楕円状《だえんじょう》の塊が出来上がった。

「どうしてくれるんだよ、青山先生よ？」

口を離すとともに梢子の手を取って、自分の股間《こかん》に押しつけた。

内側の怒張の猛々《たけだけ》しさが、熱を帯びたまま布地ごしに彼女の掌に伝わる。

「あんたのせいでさ、俺のムスコも、こんなに火傷しちゃったんだけどネ？」

「……………どう……すれば……？」

「当然、責任を取ってもらうしかないネ」と、修一はあくまでさりげなく言った。

◇　◇　◇

すぐ近くにある来賓《らいひん》専用の女子トイレに、修一は梢子を誘い込み、ふたりして一番奥の個室に閉じこもった。がちゃりと鍵《かぎ》をかけると、すかさず修一は、梢子に着ている服をすべて脱ぐように命じた。

「あ、あの………服を脱ぐんですか？」

「ああ。そう聞こえたろ？　どうせ責任取ってもらうなら、やっぱ、誠意のあるところをびしーっと見せてもらいたいからネ」

「…………」

梢子はしばらく思案したのち、自分からブレザー、ブラウスの順で脱いで行った。

淡い紫色のブラとパンティーだけの恰好になって、胸前を両腕で隠すように立ち尽くすと、「はぁ……」と溜《た》め息《いき》をつきながらブラのホックに手をやった。

「いや、下着は着けたままでイイや」

「…………」

修一はブラを指で勢いよくずり下げた。ぷくんという感じで、濃紅色でやや小さめな乳暈《にゅううん》もろとも、小指大の突起が左右ふたつ、こぼれ出た。ムギュッとやや指先に力を込めてつまめば、梢子は「はぁ…………ああ……」とかすれた声を漏らす。

「青山先生ってさ、なかなかエロい体してるじゃん。オッパイはちっちゃいけど、なんかゾクゾクきちゃうっつーかさ」

「…………………恥ずか……しい……」

肉感的なボディとはお世辞にも言えないが、いわゆる〈男好き〉する肢体《したい》だった。

病的なほど透明感すら漂う蒼白《あおじろ》い肌は、不思議な艶やかさをたたえていて、たとえるならば柳の木を思わせる妖《あや》しいしなやかさを誇っていた。

「ちょっと、便器のふたに腰かけて」

「………はい」

「もっと太股《ふともも》を開いて」

「…………はい」

「ン？　なんだよ、もうパンツのど真ん中がぐっしょりじゃん。興奮してるの？」

「あ、い……いえ………」

応《こた》えた途端、奥からさらに透明な果蜜《かみつ》があふれ出てきたのか、布地の濡れ染みがひどくなって、ぬらぬらの光沢を放つ。

「先生のオマンコが透けちゃってるぜ」

修一は濡れ染みの上に指を押しつけ、縦に開いた淫裂《いんれつ》に沿って、もぞもぞと動かした。

「ふぅ…………う、…………あぁぁ……」

「気持ちイイか？」

「い、いえ………恥ずか……しい」

「怖い思いをしたくなければ、俺の質問にだけ『はい』か『いいえ』で応えるんだ。もう一度、訊く……気持ちイイか？」

言うなり、パンティーの上を這っていた人差し指と中指の二本が、いきなり布地の脇から奥へと潜り込む。ムチュッ……豊潤な分泌物《ぶんぴつぶつ》でぬらつく秘唇が悲鳴を上げた。

一瞬遅く、梢子も背筋をのけぞらせて「は………い」と返事をした。

「そうそう、その調子。やっぱさ、教師と生徒との間に、嘘や隠しごとは良くないしネ」

じかに淫裂のあわいを貫かせた指を、膣内《ちつない》でリズムをつけて折り曲げたり、円を描くように掻き回すと、梢子の表情は完全にとろけまくり、口が半開く。

同時に下腹部の口もすっかり中身をさらけ出し、修一の指が前後左右に動くたびに、若草のような恥毛と新鮮なトロサーモンが見え隠れする。

「これはこれは、……なかなか綺麗《きれい》なマンコ、してますねぇ、先生？」

「はぁああ………ふぅン、あああぁ……」

「それに、見かけによらずメチャクチャ感度も抜群だ。締まりだって……こんなに……」

修一がわざとキツめにGスポットのあたりを指の腹で擦《こす》りあげると、

「ひ、……ぃぃぃ〜ッ………ああン……」

たまらずに梢子は、腰をうごめかせながら必死に締めつけてくる。

「こ………これで………や、火傷のこと………許してもらえますか？」

「火傷？　ああ、……そうねぇ、ま、これからの先生の努力次第ってことネ」

クククと鼻で笑い、修一は潜り込ませた指をいったん抜いた。

粘り気の強いジュースが下品なほどたっぷり、湯気までたてて絡みついている。

「くはッ、すげぇーエロくせぇー!!　先生……ホント、見かけによらないなぁー」

と、その指を梢子の顔の前にかざす。

「あン、イ、イヤぁ………」

思わずそむけたその彼女の顔に、修一は指についた果蜜をそのまま塗りつけた。鼻梁《びりょう》も頬も顎《あご》も、もちろん眼鏡のレンズも、たちまちメスの匂《にお》いをまき散らすぬるみでぎっとりときらめいた。

「ねぇ、自分のオマンコの匂い、どう？」

「………………」

「普段は中学生みたいにウブい顔してるけど、ホントは男が欲しくて欲しくてしょうがない……そういう匂いがしてるでしょ？」

「………………」

「先生さ、こういう目に遭《あ》ったこと、一度や二度じゃないんじゃない？」

「……………………どういう意味ですか？」

「俺ネ、どういうわけか、すぐわかっちゃうんだよ、そういうの。ククククク……」

修一は梢子の両足を洋便器のふたに載せ、太股を無理やりM字に開かせた。

ひどく濡れそぼる、そのきわめて薄っぺらな布地に、色こそわからないものの、花弁の形状がじつにクリアに映しだされていた。

おもむろに修一はズボンのジッパーを降ろすと、手を突っ込んで、むんずとばかりに分身をつかみだした。すでに十分すぎるほど海綿体は膨張し、みごとに切っ先を天井に向け、直立不動の姿勢を保っていた。

おまけにカリ首には、透明な先走り汁がまとわりついて、グロテスクなまでに赤黒さを強調している。その淫棒《いんぼう》の先端で——、修一はやや腰をかがみ気味にし、もはや下着の用をなさないその布地の上から淫裂を刺激するのだ。とくに、ぷっくりと隆起するクリトリス付近を中心に、強弱のリズムをつけてつっついてやる。

「ほら……ひどいことされればされるほど、体がヒクヒク疼《うず》いちゃうんだろ？」

「……は、あぁぁ………………」

「いけないいけないと頭で思っても、…………ここがネ、……ここが、一度強烈に叩《たた》き込《こ》まれちゃったエロい刺激を、なかなか忘れてくれないんだよねぇ？」

ツン、ツンツンツン……。

「……あン、うぅぅ…………そ、そん…………なぁ……」

「焦《じ》れったくされるの、好きだろ？」

「ふぅぅぅ〜ン……」

「俺のぶっといので、ぶっ倒れるまで犯してやろうか？」

「はぁッ…………あぁあぁ……」

「返事は『はい』か『いいえ』だって言ったろ？　どっちなんだよ、このチンポ、……先生のなかにぶち込まれたいか、って訊いてるんじゃないか」

言うなり、梢子の髪の毛をわしづかんでは、手前に引き寄せ、自分のイチモツで彼女の頬を撫でまわす。肉塊の包皮がめくれて、むちっと音を放つ。

「ひゃぁあン………うううッ……」

喉をひくつかせてあえぎつつ、かすかに「はい」と返事をした。

「よく出来ました、先生。……その前に」

梢子の口許にカリ先を近づけて、

「まずは、たっぷりしゃぶってもらわないとネ、先生……。ほぉら、大きく口を開けて
……あ〜ン………そ、そうだよ、ううッ、そ……その調子だよ………あ、あぁッ、先生の口ンなか、ちょーあったけぇーや」

修一は梢子の髪の毛をわしづかんだまま、乱暴に彼女の頭を上下に揺さぶる。

梢子は息苦しさに息を荒げながらも、修一の肉塊に器用に舌を絡めまくるのだった。

ひとしきり口戯を愉《たの》しんだ後、修一は梢子のパンティーを剥《は》ぎ取《と》ってから立たせた。そして壁に両手をつかせ、ヨダレまみれの太棹《ふとざお》をバックから挿入《そうにゅう》したのだ。

さして肉付きの良くない梢子の臀部《でんぶ》を抱えるようにして、修一はがっつんがっつんと腰を子宮口に向けて突き上げる。

——あわせて彼女の微乳も、背中から腕を回して揉《も》みしだく。

「あッ、ダ……ダ………メぇ………」

「ダメ？　嘘つかないでよ、先生。すっごくイイんでしょうが？」

「はぁぁぁぁ〜ン、ううッ………」

梢子は自分の二の腕を噛んで、声をこらえるのに必死だ。でも、つい……愉悦が羞《は》じらいを上回り、小刻みに腰をひくつかせながら、無意識に膣襞を締めつけてくる。

「おおッ、せ、先生……キッツぅ〜!!」

修一はたまらずに声をうわずらせた。

「あ、あの……さ、初体験っていつ頃だった?」

「…………え?」

「初めてのHだよ。こんなに開発されてるんだから、意外にやりまくってきたんだろ?」

「はぁン、はぁああ………そ、そんなぁ………わ、私……」

「だから、いつなんだよ?」

二、三度、強烈な抽送《ちゅうそう》をぶちかます。

「ひぃぃぃぃ〜ッ………ああン、ああぁ………こ、高校………三年の……夏」

「相手は?」

「部活の………せ、先輩……体操部の……」

「へぇー、運動部だったんだ」

(どうりで、体のしなりや締まりがイイわけだ)

修一がそう思ったとき、梢子の様子が急におかしくなった。彼が動かしているわけでもないのに、彼女がみずから腰を大きくグラインドさせ、背筋をガクンと鋭く揺さぶった。

「————イッ!!　あ、ああああ〜ッ、イ……クぅ〜!!」

ひときわ甲高い声でわめくと、修一の抽送のタイミングにあわせて、淫裂の奥からすごい量のジュースが逆流してきたのだ。

プシュシュシュ〜ッ!!

「あ、あんた………これ!?」

昇天間際だった修一もさすがにたまげた。梢子は果てながら潮を噴いたのだった。

たちまち床も、秘処をつなげたままの彼も、音をたててほとばしる生ぬるい液体を浴びて、ぐっしょりの状態だ。

「あんた、すっげぇー、こんなの俺、初めてだよ。……気に入ったぜ、青山先生」

感激した彼は、濡れネズミのまま、一挙に抽送のピッチを上げた。

「お、おおッ…………で…………出るッ!!」

直前で引き抜こうと思ったが、梢子の膣内が気持ち良すぎて、そのまま暴発させた。

「……出してやったぜ、……先生のオマンコのなかにさ」

「………………今日は、大丈夫……ですから」

絶頂直後のけだるさから、梢子は蚊《か》の鳴くような声で言った。

その表情は、どこかしら満足げな笑みをたたえているように——修一の目には映った。

めったに味わえぬ征服感に包まれていた彼は、わけもなくむかついて、

「なんで笑ってるんだよ？」

「俺にめちゃくちゃにもてあそばれて、なんで怒らないんだよ？　笑ってる場合かよ？」

「…………………え？」

「……そんなこと……言われても……」

「一度しか言わないからよく聞けよ。今後一切、俺の前でそんな幸せそうな顔をするんじゃない。もし続けて抱いてもらいたけりゃ、そこらへん、気をつけるんだな」

勝手なことをヌカして、修一はさっさと個室をあとにした。

梢子の返事はない。その代わりというわけか、彼女の淫裂から〈時間差〉であふれ出た、乳白色の混合汁が、ぴちゃり……ぴちゃり……床に垂れ落ちて卑猥《ひわい》な音を響かせていた。

◇　◇　◇

その夜、修一はひとり、自室のベッドに寝転んでは、天井を眺めて夢想にふけっていた。

（あの教師の出来そこないは、また、俺に抱かれにやってくるだろうか……？）

たしかに、ちょっとした悪戯心がエスカレートした恰好で、結果的には梢子も承知のうえでまぐわったわけだが、修一の胸のうちに秘められた悪意をまったく理解してないのだとすれば、和姦《わかん》とはいえ、実質はレイプそのものだ。

（いや、あの女は――、レイプだろうがなんだろうが、おなじ快感が欲しくって、俺を求

めてくるに違いない)

修一にそう断言させたのは、潮噴きと、昇天後のあの表情だ。

「……笑ってやがったもんなぁ、あの女」

ぽつりとつぶやいた。

梢子に得体の知れない〈なにか〉を感じつつ、だからこそ彼は、数時間前の彼女への異常なほどの激しい劣情を思い返し、にわかに分身がぴくりと反応しだした。

修一こそ梢子のおかげで、自分のなかに得体の知れない暗くて邪悪な情動が、かなり色濃くひそんでいることを、はっきり自覚したのだった。

そしてその情動をあらわにさせた張本人は、ほかならぬ久美子であることも——。

彼の意識のなかをまたしても、久美子の首筋にくっきり浮かび上がったキスマークと、言いづらそうに口にした台詞が、あっちへこっちへ飛びかってうるさくて仕方ない。

「じつは……ネ、私……婚約したの」

修一は思わず、枕元《まくらもと》に転がっていた携帯電話を、絨毯《じゅうたん》に向けて投げつけた。

「——だから、なんだって言うんだよ⁉」

吐き捨てるようにひとりごちながら、彼は居心地悪そうに何度も寝返りを打った。

たとえ梢子へのレイプまがいの行為が、本当は久美子をわがモノにしたい衝動の〈代償行為〉だとしても、それがいったいどうだと言うのか?

心がにわかにざわつきだす。

（いったい……いったい、俺のこのあたりにべったりと貼《は》りついている、〈貴様〉の正体ってなんなんだよ⁉）

修一は何度も自分の胸を叩いてみた。答えはすぐにはみつからない。

だが不思議と、修一は〈そいつ〉との付き合い方を、十数年も前からわかりすぎるほどわかっていた――気もするのだ。それを、無理に感情の奥へ奥へと押し込め、とりあえず世間的にはなにげない顔を装って生きてきた、だけのことではないのか？

（ひょっとして、……いやきっと‼　俺はごく当たり前の高校生なんかじゃないんだ。俺は選ばれた人間なんだ。でなければ、いくら久美子や磯谷のことでいらついていたからって……いくらあの教生が無抵抗だったからって……放課後の校舎のなかで、あんなプレイが平気で行えるはずがない）

修一は無性におかしくなって、「あっははははは」と声を出して笑った。

（そうだとも‼　俺は――、俺のやりたいことだけしかやらない。それこそが、俺が生きるべき〈正しい〉道なんだ。今後は……悪いけどその道を、俺なりに徹底させていただくことにする）

彼はひそかにそう決意すると、むっくり起き上がって、絨毯に転がっている携帯電話を握りしめた。メモリを検索し、発信ボタンを押した。

「よお、……そう、仲田。久し振りだよなぁ。いやネ、突然なんだけどさ、お前……例のヤバいバイト、まだやってんの？　うん。ああ、そうそう……でネ、悪いんだけどさ、ちょっとそこ、俺に紹介して欲しいんだけど」

修一がそう言うと、電話の相手は、とある携帯ナンバーを教えてくれたのだ。

いったん電話を切り、そのナンバーにかけ直した。ワンコールで相手は出た。

「えーと、……買い物したいんだけど」

修一がやや緊張気味に告げると、相手はいかにも警戒した口調で、「この番号は？」と訊いてきた。すかさず修一の友人の名前を言うと、すぐに指定の場所と時間をぶっきらぼうに教えてきたのだった。

修一は電話を切ると同時に、ふたたびベッドにごろんと寝転んだ。

「そうとも。俺は、俺がやりたいことだけを徹底的にやる。……やってやるさ」

低い声でつぶやいた彼の口許が、不敵にもゆがんだ。

第二章　邪欲の実験

——二時間後、所用を済ませた修一は、肩にかけたバッグを膨《ふく》らませて帰ってきた。

その途中、自宅のすぐ近くにある、深夜でも営業しているドラッグストアの前を通りかかると、どこかで見たことのある女性が、やけにあたりを警戒しつつ店の中に入って行くのと出くわした。

修一は店内を物色するふりをして、その女性の様子をチェックしてみれば、彼がいま通っている高校の校長先生だった。

泉沙千保《いずみさちほ》。

年齢はまだ三十を越えたばかりの、いわゆる〈出るところは出て、引っ込むところは極端に引っ込んだ〉体型の持ち主で、しかも妖艶《ようえん》な雰囲気をおのずとかもしだしている美女だ。

彼女の父親が、幼稚園《ようちえん》から専門学校、短期大学まで擁《よう》する『学校法人弓ヶ浦学園』の理事長をしている関係で、ひとり娘の沙千保はその若さで高等部を任されていた。

が、親の七光りというばかりでなく、実際、著名な女子大を卒業したかなりの才媛《さいえん》で、数年前までは、高等部の現役教師として英語科を担当し、学年主任も務めていたらしい。

おまけに沙千保の旦那《だんな》が、このあたりでも有名な資産家の跡取り息子で……、そのあたりのすべての〈個人的事情〉を一緒くたにすれば、三十歳そこそこで女性の校長先生という特例も、あって不思議ではないだろう。

ところが、そんな素晴らしすぎるキャリアの持ち主の彼女にも、他人様《ひと》にはあまり知られたくない、秘めやかなるプライバシーとやらがあることを、修一はドラッグストアで目撃してしまったのだ。

沙千保は、いかにも落ち着き払った歩調だが、脇目《わきめ》もふらずに精力剤があまた陳列《ちんれつ》されているコーナーまでたどり着き、あらかじめ購入するモノが決まっていたかのような慣れた手付きで、幾つもの商品をかかえてレジに運ぶのだった。

(ふぅん、これはこれは……。ま、キレ者の美人校長ったって、しょせんはヒトの女房だもんなぁ。ヤッてることは、俺《おれ》たち可愛《かわい》い生徒たちとなんら変わらないってことか)

修一は思わず噴き出しそうになった。

けっこうなカサの紙袋をかかえ、そそくさと店を出ようとする沙千保に、修一はわざとぶつかるフリをして、

「あ、……校長先生、どうも今晩は」

周囲の客にも聞こえるような声で、深々と頭を下げた。

「え、あ………キ、キミ、……えーと………ああ、……私の学校の生徒？」

予想にたがわず、沙千保はギョッとした表情をあらわにし、狼狽《ろうばい》気味に訊《き》いてきた。

「ええ。二年B組の仲田です」

「そう、仲田……クンね。でも、どうでもいいけど、こんな夜中にふらふら出歩くのは校

則違反でしょ？　早くおウチに帰りなさい」

早口でそう言い置くと、沙千保はすぐにくるりと修一に背中を向け、駆け足で立ち去るのだった。

◇　◇　◇

自宅に戻ると、修一はすぐにバッグの中身をあらためた。

そのうちのひとつに付属しているリモコンを手に取ると、スイッチをＯＮにしてみる。

グィィィ～ン……。数十センチほど離れた位置に置かれた、ピンク色の〈本体〉がうなりを上げて暴れだしたのだ。

「うん、動き具合には問題がなさそうだぜ」

満足げな表情の修一は、リモコンのレベルを『ＭＡＸ』にし、狂ったように絨毯《じゅうたん》の上をのたうち回る、奇妙な卵形の物体をしばらく飽きずに眺めやった。

それは、遠隔操作が可能なタイプのピンクローターで、取扱説明書によると、四、五十メートル先までＯＫの最新型らしい。

いや、それればかりではない。修一のバッグのなかから出てきたのは、全長三十センチはあろうかという、しかも胴体に無数のイボイボが突起している巨大バイブ、ソープランドでも使われている透明なラブローションなど……。

俗に言う〈大人《おとな》の玩具《おもちゃ》〉の数々だった。

しかしそれらのSEX用秘具は、ある商品を手に入れるための、あくまでついでに購入してみたに過ぎなかった。

本命は、カプセル剤が十数個ほど入った小瓶《こびん》。――密輸入品の非合法ドラッグで、効《き》き目《め》の相当優れた催淫剤《さいいんざい》として用いるべきたぐいのものである。

修一は興味深く瓶のラベルを眺めるが、細かくてしかも小難しそうな単語がびっしり並んでいて判読不能だ。英語ではなさそうだが、どこの国の言葉なのかすらわからない。

瓶のふたを開けてみた彼は、あらかじめ用意しておいた銀色のピルケースに、数個だけ移し替えながら、ひとりほくそ笑んだ。

(使用法がわからなくたって、どうせ用途は全世界共通だろうよ。問題は一錠でどれくらい効くかってことだけど……。ま、実際に試してみてのお楽しみってわけか)

「あっはははははは……」

真夜中の一人暮らしの部屋に、修一の暗い笑い声が響きわたった。

◇　◇　◇

明け方近くになって、ようやく眠りについた修一はおかしな夢を見た。

おぼろげで不確かな意識と、幼い頃《ころ》の記憶とが奇妙に同居する、けだるくも懐かしい夢だった。色あせた過去の映像が、ぼんやりと脳裏に浮かび上がってくる。

――それは真冬の情景。

まだ幼い顔の久美子が、本家の屋敷の庭に降り積もった雪の上に、四《よ》つん這《ば》いにされ、ふたりの仲田家の男衆によって竹刀《しない》で打《う》ち据《す》えられているのだった。

「こ〜の、役立たずのアマッコがぁ〜ッ!!」

「何度も何度も、おなじ失敗しやがって!!」

口々に久美子をののしる声が、やや離れた場所からじっと眺めやっていた修一の耳にも、嫌というほど絡みついていた。

どのような粗相《そそう》をしでかしたのか、彼にはまるでわからなかったが、久美子の泣きじゃくりながら繰り返す「ごめんなさい」が、修一のなかの〈なにか〉をぶち切れさせたのだ。

「うわぁあああああ〜ッ!!」

大声を上げて、その男たちにがむしゃらに突進して行ったかと思うと、

「い、痛てぇ!!」

そのうちのひとりが突然、がくりとその場に膝《ひざ》をついた。

——とほぼ同時、真っ白な雪の絨毯に、目にも鮮やかな鮮血の花が散った。

「しゅしゅしゅ、修一の野郎が……お、俺の手をーッ!!」

修一はハッとなった。

その時、はじめて彼は気付いたのだ。男の右手の甲のど真ん中に、いつの間にか握りしめていた切り出しナイフの刃を、しっかりと突き立てていたということを……。

「こ、この……糞《くそ》ガキ………」

怒りを含んだ表情で睨《にら》みつけてくる男を、修一はそれ以上の憤怒《ふんぬ》の顔で睨み返す。

ほかの連中は、その修一のあまりの行動と形相に恐れをなしたのか、姿を消していた。

「しゅう………いち………クン」

呆然《ぼうぜん》とする久美子の髪を、修一は黙ったまま冷たい手で撫《な》でつけた。

(お前のことは、この俺が守る。いや俺以外、誰《だれ》にも勝手な真似《まね》をさせやしない)

言葉には出さなくても、その強い想《おも》いを、この時あらためて確信したのだ。

オノレの脆弱《ぜいじゃく》さとの訣別《けつべつ》!!

それまで、どう接してよいかわけもわからず、不気味ささえ感じていた本家の大人たちに、はじめて彼なりの牙《きば》を剥《む》いた瞬間!!

——それは同時に、修一のなかの〈なにか〉が目覚めた瞬間でもあった。

◇　◇　◇

じっとりした寝汗とともに、修一は飛び起きた。頭の芯《しん》のあたりがジンジンしている。

(それにしても、どうしていま頃、あんな昔のことを、………夢に……？)

おぼろな意識のまま、修一は夢で見たシーンと、記憶の奥底にかろうじて引っかかってくる〈過去の事実〉を無理やり結びつけてみては、しばらく物思いにふけっていた。

修一の父親の葬式の時、久美子はたしか、次のような台詞《せりふ》を口にしたものだった。

『昔、私のことを助けてくれたもの、修一クン』

その意味が、彼にはどうにも判然としないまま、今日まできていたのだが、昨夜の夢にちゃんと答えが隠されていたのだ。

「そうか、お前……あの時のことを、そんな風に——」

思わずひとりごちた後で、修一はプッと噴きだした。

(それはとんだ勘違いだぜ、久美子……。俺はべつに、お前が折檻《せっかん》されてたことが可哀想《かわいそう》だから、助けてやったわけじゃねぇよ。違う違う!! 俺はそんなちんけな善人じゃない。そんなんじゃ……なくて………)

朝勃《あさだ》ちの分身が、トランクスのなかで目一杯に自己主張し、心臓の鼓動にあわせて太棹《ふとざお》をピクン、ピクン……とひくつかせながら、「そうだそうだ、お前はそんなタマじゃない」とはやしたてるのだった。

数十分後、紅茶と食パン一枚だけの朝食を済ませた修一は、身支度を整え、ウチを出たのだ。学生服のポケットには、昨夜手に入れた催淫剤がケースごと忍ばせてあった。

◇　◇　◇

学校に着いた頃には、すでに大幅な遅刻だった。

修一が、正門の脇の通用口をくぐった途端、正門前に緑色のベンツが急停車した。

ブレーキの音が気になって立ち止まった彼の、数メートル先で、助手席から降り立ったばかりのミニスカートの美女が小石につまずいて転倒した。

（――‼）

あまりに派手に転んだために、その美女の太腿《ふともも》はもちろんのこと、ワインレッドの色艶《いろつや》も鮮やかなガーターとパンティーまでもが、はっきりと修一の網膜に焼き付いた。

それだけではない。思わぬ〈ご馳走《ちそう》〉の提供者は、校長先生――沙千保だったのだ。

（ふうん、あの先生、やってくれるじゃん）

生唾《なまつば》をごくりとやりつつ、でもなに喰《く》わぬ顔をしてやり過ごそうと、歩きだした修一を、

「おいッ、キミはここの生徒なのか？」

ベンツの運転席から、いかにも気難しげな男が高圧的な口調で呼び止めてきた。

「え？　あ……俺………ですか？　ええ、そうですけど。……なにか？」

「なにかじゃないよ。いま、キミ、見ただろ？」

「なんのことです？」

沙千保のパンチラのことだろうとは思ったが、かかわりたくなかったので嘘《うそ》をついた。

「………いや、な、なんでもない。忘れてくれたまえ。そんなことより、さっさと自分の教室に行きたまえ。こんな時間に、こんなところでもたもたしてるんじゃない」

まだいろいろ言いたそうな男に、沙千保はなにごとか言いくるめると、ベンツは急発進していなくなってしまった。

沙千保はホッとした風に、その場でひとつ大きく深呼吸すると、通用門をくぐってきて、

「ごめんなさいネ。ウチの主人、すごく短気なの。とくにネ、若くて元気な男の子を前にすると、つい……」

ウフフフと恥ずかしそうに笑った。

「いえいえ、俺がこんなに遅刻しちゃったのがいけないんですから。お早うございます、校長先生」

「はい、お早うございます。えーと…………あ、キミは、たしか昨日——」

修一の顔を間近に見て、薬局での遭遇を思いだしたらしく、頰《ほお》を赤らめた。

「二年B組の仲田です。大丈夫ですよ。薬局で見たことは、誰にも口外しませんから」

ニヤリと下卑《げび》た笑みを浮かべる修一に、

「え、あ……そうそう、二Bの仲田クン……だったわネ。ホント、急がないと、二時限目も遅刻になっちゃうわよ。さ、急ぎなさい」

なぜか逃げるように、校舎へと消えて行く沙千保だった。

◇　◇　◇

校長先生の言いつけを、意識的に無視したわけではないが——、どのクラスも（当たり前だが）授業中で静まり返ったなか、修一ひとり、廊下を歩いているうちに、急に気が変わって屋上へ直行することにした。

やけに重たい鉄製の扉を押し開けた途端、ふわりと南の方から吹いてくる春風に頬を撫でられた。普段、生活習慣もモノの考え方も不健全きわまりない修一ではあるが、その風が「気持ちイイ」ということだけはわかった。

うぅ〜〜ンと大きく伸びをするとともに、あらためてだだっ広い屋上全体を見渡してみると、ちょうど対角線の位置にひとりの先客がいたのだ。

(ン? あれは……、たしか化学の)

伊東京乃《いとうきょうの》。非常勤だが、化学担当の教師である。

修一は彼女の授業を受けたことはないが、その〈いつも無口で暗い陰がある〉パーソナリティーは、どことなく気になる存在ではあった。

京乃はいま、落下防止のフェンスにもたれ、眼下の景色をぼんやり眺めている。

「楽しいですか、先生?」

彼はそばに寄って、声をかけてみた。

ちらりと修一を一瞥《いちべつ》すると、

「……いえ、あまり……」

言葉にも目の光にも、まるで感情がこめられていないように思われた。

「楽しくないのに、いったいなにを見ていたんです?」

しばし間の空いた後、

「あなたには関係のないことです」

ぽつりと、おなじく感情のこもらない声で応《こた》えると、きびすを返して、ゆっくりと出入り口の扉の方へ歩きだした。

通りすがりに修一の鼻先で、京乃の長く艶やかな黒髪が舞った。香水はつけていないようだが、彼女自身の体臭らしき、ほのかな深緑の匂《にお》いが漂った。

ひとりきりになった屋上で、あらためて京乃の立っていた位置に身を置いて、修一も眼下の風景を眺めてみた。べつに目新しくも刺激的でもない、牧歌的な町並みがそこにあるだけだった。

でも春風にあおられつつ、しばらくそこに立ち尽くしているうちに、なぜか久美子のことが頭をよぎり、おのずと股間《こかん》がエレクトして行った。

京乃の、なんとも淫靡《いんび》で〈クセになりそうな〉匂いも、劣情の萌《きざ》しに拍車をかけていた。

トランクスの奥で、怒張する肉棒の先がピクンピクンとわななくたび、ズボンのポケットに隠し持ってきた、硬質なピルケースの角にぶつかって痛いほどだ。

と、急にそのケースの中身を思い出し、修一はポケットからケースをつかみだした。

ふたを開けて、青紫色をしたカプセルを一個、指でつまんでみた。

見るからに毒々しい色彩が、日の光に照らされてよけいに妖《あや》しく輝いている。

ためしに振ってみると、かさかさと粉末の内容物が音をたてた。

この粉に、たちまちヒトの中枢神経を刺激し、人格を淫《みだ》らに変えてしまう薬効が含まれていることを思うと、修一はたまらない。ひとつの妄想が次の妄想を生み、……さらにまた違う妄想へと、思考が勝手に乱れ飛ぶ。

彼の意識を大きく占めていた久美子のイメージショットが、いつの間にか、梢子を犯す自分自身の映像にすり替わっていた。

（よし、ここはひとつ、本当にこのカプセルの効果をためしてみるかッ!!）

本来、修一は、自己判断が出来ずにただ服従してくるだけのメス奴隷などに、たいして興味はない。——が、催淫剤の効果の実験台としては、梢子は最適だ。

それに、たとえなにか問題が起きたとしても、しょせん梢子はただの教育実習生で、どうにでも対処できるだろう。

思ったらすぐに行動を起こしたくなる性格の彼は、屋上を出ると、図書館に向かった。

たまたま今日、梢子の担当する物理の授業は、修一のクラスの分が一コマあるだけのはずだった。しかもそれは、この次の時限だ。となると、いま現在は、図書館で講義の予習をしているに違いないとの判断だ。

予想通り梢子は、図書館の自習室の机に突っ伏すように背中を小さく丸め、なにやら必死にノートに書き写していた。

すぐ斜め後ろに修一が立っているのも、気がつかぬほどだった。

運がいいことに、二人の周りには教師も生徒も誰ひとりいない。

あらかじめ彼は掌《てのひら》のなかに、催淫剤のカプセルをひとつ、忍ばせていた。

「へぇー、青山先生……、講義の予習、随分と熱心だネ」

修一が声をかけると、笑ってしまうほど大きな仕種《しぐさ》で驚いて、彼を見上げてきた。

「あ、…………な、仲田さん⁉」

「そう、良く覚えてくれました。先生っていうのはさ、いつもそうでなくちゃ……。もっとも、あれだけ俺に感じさせてもらえば、忘れたくても忘れられないだろうけどネ」

ククク……と鼻で笑うと、恥ずかしそうに梢子はうつむく。

「先生、お疲れのようだから、そんな時にぴったりの優れモノ、持ってきてやったよ」

「なんですか？」

彼女の頬が一瞬、ひくついた。

「そんな警戒した顔をしなくたってイイじゃない？　大丈夫だって、ただのビタミン剤だよ。すっごく良く効くんだってさ。ほら、口を大きく開けてごらん」

「え、…………ここで、ですか？」

「そうそう。ハイ、俺の方を見上げて、ほら……ア〜ンして、ア〜ン」

修一は梢子の両頬を手ではさみつけ、無理やり口を開けさせると、喉《のど》の奥の方へポイと催淫剤のカプセルを放り込んだ。

いきなりのことでたまげる彼女の唇を、すかさずキスでふさぎ、ごくりとカプセルを嚥《えん》下《か》するまでそのままでいた。梢子は口のまわりをヨダレだらけにして、いかにも不安そうな表情で修一を見上げてくる。

「あ、たしか先生、次の時間、俺たちのクラスの授業だったよな？　俺、先に教室に行って、ビタミン剤で元気になった先生がやってくるの、楽しみに待ってるよ。じゃあネ」

「あ、……仲田さ～ん」

呼びかける声に、すでに愉悦の予兆の妙な甘ったるさが感じられた。

◇　◇　◇

修一のクラスの物理の授業が始まった。

梢子は、チャイムが鳴ってから五分ほど遅刻して、やって来た。

彼の気のせいだけじゃなく、教科書だの資料だのを持つ手が、不自然なほど小刻みに震えている。

そうでなくても自信なさげな梢子の表情が、よけいにうつむき加減で、頬を不自然なほど紅潮させ、額に脂汗《あぶらあせ》をにじませているのが、修一にははっきりと見て取れた。

が、クラスメートはみんな、彼女があまりに緊張しているとしか認識してない様子だ。

（意外と即効性があるんだなぁ、あのカプセル）

ひとごとのように感心し、修一は授業もそっちのけで梢子の言動を細かくチェックしていた。教科書を読み上げる声が震えたり、つっかえたり、板書の文字がゆがんだり、計算式の単位を間違えたり……いろいろミスが続出したが、もともとが〈そう〉なのだから、そのことをあげつらう生徒はひとりもいなかった。

(頑張ってくれちゃってるじゃないの、青山先生よ。……でもスカートのなかは、どうしようもない状態なんだろ？　イイんだよ、したかったらその場でオナニーしちゃっても)

ククク……修一は、壁にかかった時計の針と梢子の変化とを交互に見やりながら、内心ほくそ笑んでいた。

あと十五分ほどで授業が終わるというときだった。

もう我慢も限界だったのか、梢子は全身をわなわなと不自然に震わせたあと、

「ひぃぃぃぃ～～ッ!!」

おかしな悲鳴を上げて、教壇に崩れ落ちたのだ。

さすがに無関心だったクラスメートも「なんだなんだ？」とざわつきだしたが、修一は慌てずに立ち上がると、教壇の方へ歩いて行きながら、

「あーあー、相当なストレスなんだろうなぁ、教生がちゃんと無事に一時間、授業を進めるのってさ……。しょうがないから俺が、保健室に連れて行くよ」

わざとみんなに聞こえるように大声を出した。

「だ、大丈夫です。ひとりで……い、行け……ます」

「ダメだって、先生はすっげぇーおっちょこちょいなんだから。慣れないこの学校のなかで、保健室を探してるうちに迷子になっちゃうと大変じゃないですか」

ドッと教室がウケる。梢子の様子も、たいしたことないことがクラスメートにもわかったのだろう。修一が肩を貸す恰好《かっこう》で、二人揃《そろ》って教室を出た。

◇　◇　◇

もちろん、そのまままっすぐに保健室に向かうつもりなど、修一にはさらさらなかった。その階の廊下の一番はずれにある、めったに誰も使わない男子トイレの個室に、梢子を連れ込み、スカートをめくり上げてみた。

「うわぁ、ちょっと、これ、なんの真似よ、先生？　マン汁がパンツからあふれちゃって、膝まで垂《た》れてきちゃってるじゃん」

たしかに彼女の両方の太腿を、泡だつほど濃厚な粘液が、幾筋も蛇行していた。それを指先ですくうと、クンクン匂いを嗅《か》いだ。

「くっせぇー!!　先生、今日はまた、エロ臭さがやけにキツいねぇー。なんでだろうネ、あっはははははは」

大笑いしつつ、その濡れそぼる下着をずり降ろすと、梢子の秘処はすっかり口を開き、内側の花弁もややはみ出ている。恥毛も豊潤な果蜜《かみつ》に漬《つ》かりきって、ぽたぽたと毛先から雫《しずく》まで落としている。

――催淫剤の効果は予想以上である。

「い、い、いったい、……仲田さんは……わ、私に……ナニを飲ませたんです？」

やけに上気させた顔で、梢子は「はぁはぁ」と息も荒げて苦しそうだ。

「べつに。ビタミン剤だって言ったでしょ？　それが証拠に、……ほら、こ～んなに、ここも元気になっちゃって」

と言うなり、修一は梢子の淫裂《いんれつ》の表面を、軽く指の腹でひと撫で――しただけだが、

「あ、あぁぁぁ～ン、ダ……ダメ～ッ、ひゃあ～ふぅぅぅ～ン……」

彼女は教室のなか以上の悲鳴を上げて、腰をおかしいくらいに激しく揺れ動かした。

「お、お……願いです。………か、堪忍……して……く……ださい」

「堪忍だって？　勘違いしないでよ、先生。俺がどんなに先生のことを大事に思ってるか……。ほら、こんなとっておきのプレゼントまで、用意してきてやったんだぜ」

修一は制服の上着のポケットから、あらかじめ仕込ませておいたリモコン装着のピンクローターを取りだしてみせた。

ふらつきながらも後ずさりする梢子を、抱きかかえるようにして、無理やり彼女の淫裂のあわいにピンクローターを押し入れた。

そのままの状態で、淫汁《いんじゅう》まみれのパンティーを元に戻してふたをしたのだ。

「や、やめて……下さい。な、仲田さん……なにを――」

口調は弱々しいが、懸命に訴える梢子をさえぎって、修一は手元のリモコンスイッチをONにする。

ウィィィィ〜ン!!　たちまち低いうなり音とともに、彼女の膣襞《ちつひだ》の奥へともぐり込んだピンクローターが、震えだした。

「——ひゃぁ〜ン!!　あーッ、あーッ、あーッ、な、なに？　こ、これ？　はぁぁぁぁ〜ン、やぁあああ!!」

梢子はわけわからぬ言葉を発しながら、右へ左へじたばたしだした。

「このまま、俺と一緒に体育館まで行こうぜ、先生。サービスついでにさ、いま先生がホントは一番して欲しいことを、俺がたっぷりしてやるよ。だけど、二人仲良く並んで、廊下を歩くのはヤバイから……まず先生が先。俺は、そのあとをついて行くよ。イイね？」

返事はない。が、梢子はけっして逆らわないことを、修一はもう見通しだった。

◇　◇　◇

ふたりはトイレを出て、階段を一階まで降りて行く間、すれ違う生徒も教師もいなかった。授業中なのだから、当たり前の話だが——。

ようやく体育館までやってくると、非常階段を使って地下に降り、ちょうど舞台がある、その真下の空間にふたりで潜り込んだ。

ここは、普段は使用しない体育用具をしまっておく場所だが、ところどころ壁板が朽《く》ちていて、その隙間《すきま》から体育館全体が見渡せるのだ。

しかし、こちら側が薄暗く向こうが明るいので、体育館の側からよほど注意深くチェックされない限り、まずわからない。修一は数日前、体育の授業をさぼった時にこの場所を見つけ、〈実験〉済みだった。

「ほら、青山先生さ、ちょっとこっち来て、この穴から覗《のぞ》いてみなよ。えーと、こいつらは……あ、一年生だな。A組とB組男子がバスケの練習試合してるよ」

梢子もおそるおそる板の隙間に目を近づけて、覗き込むと、修一の言うとおり、一年生がバスケットボールに興じていた。授業中ではあるが、そこは試合ともなると、ボールを追いかける生徒も、脇で見学している生徒も、それぞれにみな夢中で、誰もこちらに関心を示す者はいないようだった。

「よーっし、ナイスシュー!!」

壁板ごしに修一は声援を送る。バスケットボール観戦に興じるふりをしつつ、またしてもリモコンのONとOFFを切り替えて、梢子をもてあそぶのだ。

「こら、もっとボールを回して回して、……ダメだよ、そこでドリブルしてちゃ!!」

「ひゃぁあ～ン、あーッ、うぅうぅ……、ヤん、ヤぁあああ～ッ!!」

「そうそう、あちゃー、お前ら下手《へた》クソだなぁ……そう、そこでパス!!」

「ヤん、ヤん、ヤん、……ひぃいいい～ッ、お、お……お願い……で……す………な、仲田さ～ん、助け…………て……」

「イイぞ、その調子……よし抜けたッ!!　そのままつなげ、つなげ、…………そこだ、そこでロングシュート!!」

修一の声とともに、実際にシュートを決めようとした生徒のボールが大きくそれて、ちょうどふたりが隠れている場所の、斜め上の壁板にダイレクトに命中した。

ドスンという衝撃音がこちら側に反響し、はずみで梢子は秘処の愉悦にのたうち回りつつ、「キャァア～ッ」と身をすくめた。

ボールは数度のバウンドののち、あろうことか、壁板の手前一メートルぐらいの位置でぴたりと止まったのだ。が、修一はいたって平然と、

「ほら、見てみなよ、先生。ボールを取りに、一年生がこっちへやってくるぜ。どうするよ？　こんなボロい板、一枚だけだもんなぁ、さすがに先生のエロいあえぎ声が、ぜ～んぶ丸聞こえになっちゃうだろうネ？」

ククク……修一は下卑《げび》た笑みを漏らしながら、リモコンレベルを『最強』にする。

「ヤぁ、あああああ～ッ、そ、そんな……やめ……ひぃぃぃぃ～ン!!」

あまりの愉悦に、梢子はがっくんがっくん腰を激しく動かしまくって悶《もだ》えるばかり。

そこへ――なにも知らない生徒が、小走りにボールを取りに来る。ぎりぎりまでピンクローターを動かしておいて、その彼がボールに触れた瞬間、修一はリモコンをいったん0

ＦＦにした。

それでも梢子は〈余韻〉で背中をヒクヒクとわななかせ、口の端からヨダレを垂らしながら「はぁあああ〜ッ」とうめいている。

（こりゃ、リスクのあるルートを使ってまで、手に入れた甲斐《かい》があったぜ）

内心、大喜びの修一をよそに、ボールを手にした生徒が、一瞬、「あれ？」という表情でこちらを見つめてきたのだ。隙間の空いた壁板を隔てて、わずか一メートルの距離で、修一とその生徒とが対峙《たいじ》する恰好だ。

さすがに修一も、生唾をごくりとやった。

——が、彼はすぐに、くるりと向きを変えてダッシュして行ったのだった。

「なぁんだ、あのタコ、勘が悪りぃーな。せっかく青山先生が、授業の一環として、ぐっしょり濡れまくったオマンコをじっくり観察させてくれるっていうのにさ」

あっけらかんと言う修一は、いつになく興奮していた。極度の緊張のあとの安堵《あんど》は、彼の想像以上に、淫情《いんじょう》がめちゃくちゃ掻《か》き乱される。これは新たな発見だった。

（マジに病み付きになっちゃうぜ!!）

すでに正体をなくしかけている梢子を、その場に仰向けに横たわらせ、一気に乳房をはだけさせた。さらにパンティーも剥《は》ぎ取《と》ると、たちまちあたりに酸味がかった性臭が漂う。

新鮮なアワビの身を思わせる外側のビラビラも、鶏のささみ肉によく似た内淫唇《ないいんしん》も、その中心部にかっぽりと桃色の異物をくわえ、すっかり充血しまくっている。

――ばかりか、乳白色の本気汁が、肛門《こうもん》の焦げ茶色した窪《くぼ》みにまで粘っこく注ぎ込まれ、その匂いといい卑猥《ひわい》な光沢といい、盛りのついた牝獣《めじゅう》の〈それ〉にほかならなかった。

「こーんなにしちゃって。先生……俺、いちおう、あんたの教え子なんですけど？　こんな、ちょードエロいマンコ、見せつけられちゃったら、俺……勉強なんてゼ～ンゼン手につかないんですけど？」

言うなり、修一の右手の人差し指が、梢子の肛門をずぶりと突き刺した。

「やぁあああ～ン、そ、……そこは、ダ……メ………」

「感じちゃってるんだろ、こっちの……ウンコが出てくる穴までさ。俺がこうして指をちょっとでも動かすだけで、頭のてっぺんまでおかしくなっちゃうんだろ？」

「はぁ～ン、あああ～ン……い、いったい……こ、こ

の……ビタミン剤って…………ふぅぅぅぅ～ン、ど、……どう……いう……？」

「教えてやろうか？　簡単に言うと、発情薬さ。南米に生息する地虫から抽出《ちゅうしゅつ》されるらしくてネ、脳下垂体に作用して、性衝動を極限まで高めるんだってよ。先生がこんなになっちゃうってことは、看板に偽りなしってことだよな。ククククク……」

「は…………はっ……じょう…………や……く……」

「心配しなくても、習慣性とか副作用とかはないよ。ただ……一週間ぐらいは、この薬の効果を脳が覚えちゃってるから、朝から晩までHな気分が持続するらしいぜ」

「そ、そんな…………一週間……も……」

文句を言いたげな梢子のアヌスに、人差し指に加え、中指、薬指、小指……最後に親指までめり込ませて、ドリルのごとく回転をつけて前後左右にかき回す。

「あ、イタ…………で、でも…………あ～ン、ひぃぃぃーッ、な、なんか……あああああ～ン、へ、ヘンな…………ひゃぁ～ン‼」

背骨が折れるのではないかと思うほど、強烈にのけぞらせて苦悶《くもん》に耐える梢子。

「もしかしてケツの穴は初めてかよ？」

言葉で返事が出来ず、彼女は首だけわずかに縦に振った。

「ふうん、……ってことはさ、俺が頂いちゃうと一番乗りってわけか？　嬉《うれ》しいねぇ、先生。俺のためにアヌスは残しておいてくれたってわけだ。あっはははははは……」

修一はズボンとトランクスをその場で脱ぎ落とすと、すでに限界ぎりぎりまで胴体を膨らませた分身を、これ見よがしにしごきたてた。まぐわいを待ちきれずに先走りの透明ローションが、尿道口からツツツーッと粘った糸を垂らしている。

修一はそのまま床に両膝をつき、梢子の臀部《でんぶ》を手前に抱えては、彼女の太腿を思いっきり逆さにもたげた。いわゆる〈マングリ返し〉の体位で、オノレの剛直を皺《しわ》だらけのアヌスの窪みに飲み込ませたのだ。

「う、ううッ、ケ、ケツの穴って締まるぅー!!」

修一は嬉しい悲鳴を上げて、ゆっくりゆっくり、肉棒の根元まで直腸内にうずめて行く。先に秘処に挿入《そうにゅう》されたピンクローターの細かな振動とあわせて、前後ダブルのエクスタシーで、梢子はもはや常人の表情ではない。言葉も出ないのに、口を開きっぱなしでパクパクさかんに動かすのみだ。

修一にとっても、アナルSEXは初めての体験だった。膣襞の感触とは、似ているようでまるで違う。三百六十度、全方位から力の加減なしにじんわりと攻めてこられるのだ。

少しでも油断すると、すぐ負けてしまいそうな……、そんな忍耐勝負が、修一にも、そしてまた梢子にも課せられていた。

——先にギブアップを宣言したのは、修一の方だった。

「あ、うッ!! あああッ!! おおーッ、来る来る来る!! ……おお、ううううッ!!」

最後に数度、せわしげに腰をぶつけた瞬間、例の感覚が腰のうしろに萌して、そのまま思う存分、直腸内に樹液をぶちまけた。

わずかに遅れて、梢子はドッキングしたままの状態で、ふたたび潮を噴いた。

出すだけ出すと、急にテンションが下がって行くなかで、修一が使用済みの愚息をにゅるりと抜けば、肉襞の窪みの奥から濃厚なホットミルクが逆流してくる。

「先生のオマンコにもケツの穴にも、俺のザーメンの匂いがたっぷり染み込んでるんだから、ほかの野郎と浮気なんかしやがったら、タダじゃおかないぜ。イイな?」

修一がやや低い声でそう言うと、梢子はしばらく思案した後、「はい」とだけ応えた。

(ふん、バカな女め。言っとくけど、しょせんお前は俺の公衆便所なんだよ。俺がしたい時にするだけさ。あとは勝手に、手マンチョでもなんでもひとりでこいてやがれ)

胸のうちで、大いにあざけり笑うのだった。

第三章　完全なる所有

べつの日の放課後のこと。

修一はひとりで、校長室の掃除をしに行かなければならなかった。数人の同級生とのジャンケンで、負けたのだ。この高校では、月代わりで各クラスが順番に、校長室の掃除を受け持つことになっており、たまたま今月は彼のクラスの当番だった。

(チッ、自分の部屋なんだから、校長が自分で掃除すりゃあイイじゃないかよ)

ふてくされ気味に校長室のドアをノックするが、返事はない。

「失礼………しま~す」

小声だがいちおう挨拶《あいさつ》をしてからドアを開けると、奥にもうひとつある部屋のなかから、どこかに電話をしている沙千保の声が漏れてくる。

「ううん、違うの違うの、そういうんじゃなくて……。ンー、ほら、私はかりにもあなたの奥さんだし、……そう、そりゃそうよ、決まってるじゃない、もちろん、あなたのためを思ってよ。ああ~ン……もう、どう言えばわかってもらえるのかしら?」

困り果てた溜《た》め息《いき》まで聞こえる。どうやら旦那《だんな》と話をしているようだ。

(雨蛙《あまがえる》みたいな、趣味の悪い色のベンツに乗ってやがった男だな)

彼の脳裏に、数日前の朝の記憶がフラッシュバックする。

もちろん、沙千保のパンチラもあわせて——。

(校長って、いつもあんな色っぽい下着、はいてるのかな? 毎晩毎晩、あんな恰好《かっこう》で迫られたら、たまんねぇだろうな。ククククク……)

あれこれ妄想しつつ、修一は、まだ沙千保の電話が長引くと判断し、廊下側の窓や棚の掃除を始めていた。

それが終わりかけた頃《ころ》、ようやく沙千保が、暗い顔をして奥の部屋から出てきた。

「あ、どうも、校長先生」

ぼんやり物思いにふけっていた彼女は、いきなり修一に声をかけられてハッとなった。

「――!? え、あー、えーと……たしか、仲田……クン、だったわネ?」

「はい。やっと覚えてくれましたネ。何度か奥に声をおかけしたんですけど、お取り込み中のようでしたので……。勝手に掃除させてもらってました」

「あ、ああ、そう……。それはご苦労様」

ていねいな口調だが、あきらかに動揺した表情である。

「えーと………仲田クンさ、もしかして……いまの電話、聞こえてた?」

「電話? いえ、なにも……」

修一がとぼけると、「そう……。ごめんなさい、ヘンなこと訊《き》いちゃって」

沙千保は安堵《あんど》したのか、書類棚のファイルを幾つか抜くと、それを抱えて校長専用のリクライニングチェアに腰を下ろしたのだ。

「電話がどうかしたんですか?」

「ン？　あ、……ううん、イイの。本当になんでもないの」

沙千保は、笑顔で修一の問いかけをさえぎった。

が、その淋《さみ》しげな笑みには、「なんでもない」どころか、人知れぬ悩みが数多く含まれている——ように、彼には感じられた。

（こんなにプロポーション抜群で、嫌味なほど綺麗《きれい》な奥さんが、こんな時間に旦那と電話で深刻に話さなくちゃならない出来事って、いったいなんなんだろう？）

修一は掃除の後かたづけに専念するふりをして、沙千保の様子をそれとなく観察し続けたのだ。とにかく元気がない。物憂げな表情で天井を見上げ、溜め息を漏らしたり……。

沙千保はしばらく、壁の一点を見つめてなにやら思案にふけっていたが、ふとその視線が修一に注がれる。

「イイわねぇ～、仲田クンは、なんだかすごく元気そうで」

「は？　なんすかぁ、いきなり……？」

きょとんとして、修一も掃除の手を休めると、沙千保の方を向いた。

「…………若いってホント、イイわねぇ」

修一はプッと噴きだして、

「校長先生ぐらいの歳《とし》で、そんなこと言いますかねぇ？」

「言うわよ。私だって、……ひとりの女ですもの」

言ってから、沙千保はあわてた風に、

「ごめんなさい、いまのは忘れて……。ホント、今日の私、どうかしちゃってるわ」

音をたてて椅子《いす》から立ち上がると、小脇《こわき》に何冊かの本をかかえて、こちらに歩いてきた。

「ちょっと出てくるから、あとはよろしくネ。掃除が済んだら、帰って結構ですから」

大きな尻《しり》を右に左にゆっさゆっさと揺らしながら、校長室を出て行こうとした。

――が、修一の横を通り過ぎようとした時、脇にはさんでいた一冊が、するりと抜けて床に落ちてしまった。

「あッ!!」

焦った声で拾おうとする沙千保――より、わずかに早く、修一がそれを拾い上げていた。

ていねいに黒革のカバーがかけられた、ハードバックの書籍だ。

「へぇー、随分と分厚い本、読んでるんですねぇ、先生？」

すかさず彼は、興味半分にその本を開いてページをめくる。

「あー、ダメ!!　それ、見ちゃ!!」

なぜか沙千保は焦ったように声を裏返し、修一の手から本を引ったくろうとする。

それを彼は器用にかわして、

「え～と、なになに……血行を良くして性的興奮…………を高め……？　なんだこりゃ？

えー、漢方成分が脳下垂体を刺激し……二十代前半の勃起力《ぼっきりょく》を……。ねぇ、先生、いったいこれ、なんの本なんですか？」

パチンと本を閉じて、沙志保に差し出した。

彼女は可哀想《かわいそう》なくらいに首筋まで真っ赤に染めて、本を受け取った。

「だから言ったじゃないの、見ちゃダメだって!!」

修一をとらえる瞳《ひとみ》は、あきらかに怒りと絶望をはらんで、心なしか潤んで見えた。

そんな打ちひしがれた校長の姿を、修一はいままで一度だって学校内で見たことがなかった。——でも、そんな沙千保の風貌《ふうぼう》こそが、修一と同年代の女子はもちろん、そこいらの若い女性にもまず真似《まね》の出来ない〈熟れた〉エロティシズムを感じさせるのだ。

（やっぱ、大人《おとな》の女はちょっと違うぜ）

修一の意識のなかで、つい……久美子、あるいは梢子と比べてしまい、場違いにも愚息がにわかに強《こわ》ばりだした。

（だけど、さっき校長が旦那にかけてた電話のなかで、『あなたのためを思って』とかなんとか言ってたよなぁ。薬局で買ってたのは精力剤だったし、おまけに、学校のなかでこういう本を読んでるということは？）

（——あ、なるほどネ!!）

修一の口許《くちもと》が、わずかにイヤラしくゆがむ。

つまりは沙千保の旦那が、自分ひとりの〈能力〉では女房を満足させられないということだろう。だとすると、数日前の朝、彼女と車に同乗していた旦那が、異常なほど修一につつかかってきたのも納得が行く。

修一のみならず、血気盛んな男子高校生ばかりの巣窟《そうくつ》へ、毎朝、愛する妻を送りださねばならぬ不能男の、単純なジェラシーだ。

「お願いだから……仲田クン、絶対にこのこと、誰《だれ》にも言わないでちょうだい。絶対よ。……約束してくれるわよネ？」

「ネ？」の部分にやたら力を込めて、沙千保は修一をじっと見つめてきた。

美人でしかも才気あふれる女性が、たかが半分ほどの年齢の少年に、必死に訴えてくる……その切羽詰《せっぱつ》まったような、でも気持ちのどこかに、いくらかの余裕はちゃんと残しておこうとする態度に、彼は魅せられていた。

（クソーッ、俺《おれ》……校長先生と、めちゃくちゃスケベなことがしたくなってきたぜ!!）

修一の腰のうしろあたりが、やたらに疼《うず》いてしょうがない。

ズボンのなかで、すでに怒張をひくつかせている分身の位置を、沙千保に気付かれぬように、それとなく手で直しながら、

「俺……正直、なんだかよくわからないけど、校長先生が『絶対』って言うんだから、その通り……ちゃんと守りますよ。心配しないで下さい」

「それでイイのです。お願いネ、本当に」

沙千保はそう言ったあとで、あきらかに無理して微笑《ほほえ》んでみせた。そして「エヘン」とひとつ咳払《せきばら》いを残し、そのまま逃げ去るように校長室を出て行ってしまった。

修一は、飛びだして行くまぎわの、沙千保のその三十を過ぎた女性の、羞恥《しゅうち》に満ちた……でもどこかすがるようなまなざしに、思わず吸い込まれそうな気分になる。

劣情ばかりがそそられて、激しくトランクスとズボンを突き上げてくる肉棒を、布地の上からわしづかんだ。

「う、ううぅ……」

思わず、うめき声が漏れてしまう。彼の脳裏に、またしても沙千保のワインレッドのガーターとパンティーのイメージが拡《ひろ》がる。

(旦那のアレが頼りないってことは、いま、あの女……Hに関してはめちゃくちゃ欲求不満ってことだよな？　ってことは――？)

またあらたな邪心が、修一のなかで次第に膨張して行く。

(そうだ、イイことを思いついたぞ。うん、イケるぞ。ククク……こりゃひょっとして……いや、ほぼ百パーセント、うまく行く)

沙千保をわがモノにする計略をひそかに想《おも》い描《えが》くうち、すっかり〈その気〉になってしまう修一だった。

◇　◇　◇

その足で彼は、美術室に向かおうとしていた。

もちろん久美子の自画像を油絵として描き上げるためだが、すでに下絵用のデッサンは仕上がっており、今日から彩色に入る予定でいたのだ。

途中、べつになんの意味もなく、ただなにげなく、階段の踊り場の小さな窓から裏校庭を眺めてみて、愕然《がくぜん》とした。

(——あ、あいつぅー⁉)

誰にも見られてないと思っているのか、けっこう高さのある草木の陰に隠れるようにして、久美子は磯谷と抱き合い、ディープキスまで交わしていたのだ
(どういうことだ、久美子？　あんなどうしょうもない糞《くそ》野郎とキスなんて⁉)

修一は、ほかにたとえようのない怒りをみなぎらせて、力まかせにコンクリートの壁を蹴《け》っ飛《と》ばした。爪先《つまさき》が痛む。……その痛みが、彼をよけいに不愉快な想いにさせるのか、両方の拳《こぶし》をぎりぎりと音をたてて握りしめながら、「ちっきしょう‼」と大声で叫んだ。

この不愉快きわまりないツーショットに、久美子が発した、「じつは……ネ、私……………婚約したの」という台詞《せりふ》がおのずとインサートされて、うるさいほど繰り返される。

(——まさか⁉　婚約した相手って、お前………まさか、磯谷だって言うのか？)

修一はその場にへたり込むほどの衝撃を、必死に窓枠に手をやって耐えた。

(よりによって、なんてことを、……久美子………………。バッカ野郎ッ‼)

夜叉《やしゃ》のごとき形相の修一の目の前で、彼の天敵、磯谷が、満足げに久美子の体から離れ、大きく伸びをするのが見えた。能天気に大きな口を開けてあくびする、磯谷の阿呆《あほ》ヅラを間近に拝まされた修一は、いますぐにでも駆けつけて行き、殴り殺したい想いに駆られた。

（お前……、そんなに、この俺を遠ざけたいのか？　つまり、こういうことか？　磯谷と婚約した事実を、わざわざこの俺に見せつけたいがために、俺をこの高校に——!?）

ひたすら暗く澱《よど》んで行くばかりの想いと、ルサンチマンに燃える邪悪な想いとが、彼の胸中で交差する。

（ふん、……べつに俺から離れたきゃ勝手にすりゃあイイけどさ。でもよ、久美子、……このやり方はあんまりだぜ。俺がどんなにお前のことだけを——!!）

修一は、ペッとその場に唾《つば》を吐いた。

いらだたしげにもう一度だけ、力まかせに壁を蹴っ飛ばした。

履いている靴の跡が、くっきりと汚く壁面に残る。

しばらく窓から裏庭の景色を眺めていた。もう磯谷も久美子も姿を消したが、それでもただぼんやりと、風に揺らぐ緑の数々を眺めていた。

——と、突如として今度は、彼の心にすきま風が入り込む。

（そうだ……。そうだとも……。久美子がとりあえず俺に見せつけてくれた愚かな〈結論〉を、俺が断固として否定してやりゃあイイだけのことじゃないか!!　そうよ、それでイイんだよ。あんな糞野郎にくれてやるくらいなら……俺が、この俺サマの手で、お前という女の身も心もめちゃくちゃに壊してやるぜ。たとえいままでの俺たちの関係が、すべて〈無〉になるとしてもな)

〈ショユウ〉という単語がふいに浮かぶ。

(そうか、俺は、久美子を所有したいんだ!!　俺サマだけのモノにしたいんだ!!)

やっと彼は理解したのだった。

ずっと昔から、自分のなかにひそかにうごめいている〈なにか〉の正体を——。

それに気付いた途端、磯谷への怒り自体が不思議なほど消えて行ったのだ。

かわりに彼のなかに眠る、ヒト並みはずれた邪《よこしま》な淫情《いんじょう》が、どんな女に対する想いよりも激しく、彼の胸中を、そして分身を、熱くたけだけしく奮い勃《た》たせるのだった。

◇　◇　◇

正直、修一はそのまま帰ってしまおうかとも思った。でも、磯谷とああいうことがあった後、どんな顔をして自分に接するのか？　それをこの目で確かめておきたくなったのだ。

久美子を所有する〈道〉を選んだ彼にとっては、もはや彼女は、昨日までの〈久美子〉じゃない。あくまでオノレのたぎる情念をぶつけるターゲットに過ぎないのだ。

予定通り美術室に行き、修一はひとり、キャンバスをセッティングし、油絵の具をパレットに絞り出し始めた。

そこになにも知らない久美子がやってきて、いつものようにポーズを取る。ここまでの会話は、別段、いつもと変わりがないことが、彼のプライドをえらく傷つけていた。

（お前……、ホントに平気なのかよ？　磯谷とキスしやがった後、なに喰《く》わぬ顔してこの俺の前で、あっけらかんとポーズが良くとれるよな？）

筆を動かしながら、無言で久美子を睨《にら》みつける。

が、彼女はその修一の表情は、創作に夢中なため、ぐらいにしか思っていない様子だ。

「ねぇ、……仲田クン、あのさ、いつも私がモデルやるばかりで飽きたりしないの？」

なにを思ったか、急に久美子が口を開いた。

「……べつに飽きたりなんか」

「そう。……他の女子部員も交代で、時々は、モデルを引き受けてくれるとイイわネ」

「俺はさ、……沢田先生…………。はっきり断っておきますけど、美術部の女子なんか、はなからモデルにする気はありませんよ」

いちおう敬語を使いつつ、でも毅然《きぜん》と言い放った。

久美子の両方の瞳が見開かれて、

「え？　……本当にそうなの？」

「ええ。モデルは先生が一番。それ以外にはまるで興味はねぇ……いや、ありませんよ。こんな長くて艶《つや》やかな髪の毛に、そうそうお目にかかれるものでもないし」

「まぁ、……仲田クン、お世辞でも嬉《うれ》しいわ」

くすっと照れ臭そうに微笑んだ。

「お世辞なもんか。先生の髪の毛……。俺、小さい頃からずっと好きだったんだから」

「えッ、…………………そ、そうだったんだ。知らなかったわ。どうもありがとう」

いきなり話題が〈過去〉に飛び、久美子は戸惑いを隠せない様子だ。

不自然な沈黙が、しばし流れる。

新たなラウンドの口火を切ったのは、やはり修一自身である。

「昔といえば、ねぇ…………先生？」

「ン？」

小首を傾《かし》げる久美子に、低く恫喝《どうかつ》気味の口調で、

「どうして……どうしてこの俺サマを捨てたんだ？」

「な、仲田……クン⁉」

「まだ幼かった俺を捨てて、さっさとひとり、遠くの学校に行っちゃうなんてよ。一言、俺に断って行ったたって、バチが当たらないだろうが？」

「あ…………」

「俺はずっと、お前の弟として一緒に暮らしていたんだ。ずっと先生を……いや久美子を、守って行きたいと思ってたのに…………、簡単に捨てられた。俺は裏切られたんだ」

「しゅ、修一……クン」

返す言葉がない久美子。またしても沈黙が続く。ぽつりと、修一は言った。

「なぁ久美子、俺……お前が俺の子供、産んでくれるとばかり思ってたぜ」

久美子は唇を噛《か》んでうつむくばかり。また、沈黙。

「…………怖《こわ》かったのよ、私…………………。あのとき、修一クンが……………

私のここに…………………。あれから……」

久美子は姿勢をやや崩し、スカートをたくし上げて右の太腿《ふともも》をあらわにする。

膝《ひざ》と股の付け根のちょうど真ん中あたりに、一箇所、皮膚《ひふ》が引きつれてやや赤味を帯びた場所があった。滑らかでいかにも皮脂のノリも良い、彼女の柔肌が、そこだけ醜《みにく》く自己主張しているようだった。

ケロイド状になった火傷《やけど》の跡である。

「まだ修一クン、幼かったから……きっともう、忘れちゃってることかもしれないけど」

「いや、…………………覚えてるよ」

修一の記憶のなかで、火傷の跡だけがさかんに飛び回る。

――それはまだ、久美子が女子高生の時分の話で、修一も当時はまだ九歳か十歳だったはずだ。ふたりは仲良くバス停に並んでいた。おそらく久美子が高校に通う時に、途中まで彼も見送りについて行ったのだろう。

そこへ、久美子の中学の同級生らしき男子生徒が通りかかって、彼女に親しげに話しかけてきた。そしてふたりは仲良さげに数分、立ち話をした。

……言ってみれば、それだけのことである。

でも幼心にも、ふたりの〈関係〉に嫉妬《しっと》した修一は、男子生徒を「じゃあネ」と笑顔で見送った——直後の久美子の太腿に、バス停の灰皿からまだ火が消えてない煙草の吸《す》い殻《がら》を取ってくると、いきなりジュッと押しつけたのだ。

「あ、熱いッ!!」

驚いた久美子があわてて修一をうかがうと、そこには、幼いながらも酷薄な目付きで久美子を見上げてくる、彼の顔があった……。

久美子はまるで昨日の出来事のように、その時の一部始終を口にした後で、

「怖かったのよ、あなたが……。だから……さんざん悩んだあげく、修一クンと少し距離を置こうと思ったの。あなたにちゃんと告げずに、本家を飛びだしたのは、やっぱり……修一クンの顔を見ちゃうと、気持ちが揺らいじゃうから……」

今度は修一が黙り込んだ。

たしかに彼の記憶のなかにも、バス停での事件はかなり鮮明に残っているが、あの時、どんな想いでそういう行為に及んだのか、その辺の話になると、正直、あいまいだ。しかし、いまの久美子への想いから、その時の心理を解釈すれば、簡単に答が飛び出す。

――この女を、自分だけのモノとして所有したかっただけだ。

「そこまで俺に気持ちを打ち明けてくれるのなら、逆に訊くけどよ。そんなお前が、……どうしていま頃になって、恐怖を感じたこの俺を、あの屋敷から連れだしたんだ？」

弓ヶ浦に単身、引っ越してきた時からずっと、気になって仕方なかったことを訊いた。

「そ、それは………その………」

「距離を置きたかった俺に――、連絡すら一度もよこさなかったこの俺に――、急に近づいてきた理由がどうしてもわからない。なぁ、久美子……応《こた》えてくれよ？　なぁ、どう考えたって、お前のやってることは矛盾だらけでおかしいじゃねぇかよ」

ふたたび久美子は口を閉ざした。

一分、二分、三分………五分が経過した頃、可哀想なくらいに震える声で、

「修一クンのこと、………信じられるようになったからよ」

修一は鼻で笑った。

「何年も会ってなかったのにかよ？　ふん、笑わせるな。俺があれから、どう変わってるかも知らないクセにかよ？　そんなの嘘《うそ》っぱちだぁ～ッ!!」

腹の底から大声を張り上げる。

「お前は昔からそうだ。俺を弟という枠に押し込み、それで俺を信じてると思い込んでいた。なのにその太腿の火傷で、久美子の勝手な想いは裏切られた。今度は、年齢も上がっ

て教師と生徒というわけだ。でもな、これだけは言っておくぞ。勝手に俺に期待し、勝手に枠に押し込み、勝手に裏切られたと思ってるのは構いやしないが――、俺は一度だってお前を、気持ちのうえで裏切ったことはないぞ」

喋《しゃべ》りだしたら、次から次へと〈あの頃〉のことが脳裏を駆け巡り、久美子へのあんな想い、こんな想い、すべて吐き出してしまいたくなった。

「たとえあの本家の屋敷に、俺一人置き去りにされても、お前を恨む気持ちなんてこれっぽっちもなかったさ。そうじゃなけりゃ、葬式のとき、またしても身勝手なことをほざく久美子にだよ、普通だったら俺、アッタマきたって当然じゃねぇか？　でも、俺は少しも腹が立たなかった。『ああやっぱりコイツは、俺と一緒に生きたいんだな。時間はかかったけど、そういう道を久美子は選んだんだな』と……それこそ勝手に俺なりの解釈をつけて、無理に理解しようとしてたんだぜ。でも今日……、さっき……」

そこで修一はいったん黙り、あらためて久美子の方を鋭い眼光で見据《みす》えた。

「この世の中で、最も唾棄《だき》すべき野郎のひとり、磯谷とのキスに夢中になってるお前を見ちまった。俺、オーバーじゃなく、気絶しそうになったネ。まさか俺の知ってるあの久美子が――あんな糞野郎の反吐《へど》が出そうな舌を、鼻の穴おっぴろげて吸ってるなんてよ!!」

すでに困惑を隠せない久美子の表情が、微妙に変化した。

すーっと血の気が引いたようだ。

「しゅ、修一クン⁉　そ、それは――」

「あ～あ、結局よ、俺はほんのガキの時分から、お前に対してその時その時、いろんな想いが俺のなかを駆け巡って行ったけど、でも、それってみんな、たんなる俺の、幼稚《ようち》な思い過ごしだったたってことだよな？」

「だ、だから、ちょっと……修一クン、ちょっとだけ、私の話を――」

「どこまで、この俺をコケにすりゃあ気が済むんだよ、お前は⁉」

修一は怒鳴った後で、憤りもあらわに、立てかけてあるキャンバスを思いっきり蹴倒した。あまりの剣幕に、久美子もどう対処してよいやら蒼《あお》ざめた表情で、ふらふらと修一に近づいてくる。

「ご、ごめんなさい……。許してくれとは、とても言える立場にないでしょうけど」

哀《かな》しみの表情で久美子は修一をちらりと見上げ、すぐにうつむいて、もう一度「ごめんなさい」と小さくつぶやいた。

「ほぉー、なんだよ、お前……、本当はこの俺に、許して欲しいのかよ？」

ぐいと久美子の二の腕をつかんでねじ上げる。

「い、痛いよ………修チャン」

「お前に裏切られた俺の痛みに比べれば、こんなの、どうってことねぇだろうが。そんなことより、俺にお前……許して欲しいのか？」

久美子の首がかすかに縦に振れる。

「よし……わかった。許してやるから、久美子……この場で素っ裸になれよ。俺のために、服を全部、脱いでくれよ、いますぐにネ」

「――――!?　しゅ、修一……クン、…………いったいなにを言いだすの？」

「うるせぇーな、何度も言わせるなよ。ヌードだよヌード!!　お前の素っ裸だよ!!　俺、一度でいいからヌードデッサンつーのを描いてみたかったんだよ。ちょうどイイ機会だったよ。それが完成したら、……いいよ、ご希望通り、許してやるよ」

「私が…………ヌード……モデルに……？」

久美子はあまりの要求に、その場にへたり込んでしまう。

修一は彼女を残忍な表情で見下ろしながら、

「どうせ俺がどんなに反対したって、磯谷と結婚するんだろ？　この前、お前が言ってた婚約者って、あの糞野郎のことなんだろ？　だったら結婚前に記念に一枚ぐらい、ヌードデッサンがあっても悪くないと思うけどネ」

「で、でも…………」

「俺は強制はしない。自分で考えな」

突き放したように告げ、椅子に座って久美子に背中を向けた。

やがて蚊《か》の鳴くような声で、

「……………一枚だけ…………なら」

彼女はようやく覚悟を決めたのか、あらためて立ち上がると、みずからモスグリーンのスーツの上着の前ボタンを、ひとつ……またひとつと外して行く。

袖《そで》を抜いて淡いクリーム色のブラウス一枚の恰好になると、その薄っぺらな布地を内側から押し上げている左右の膨《ふく》らみが、向きを変えて椅子に腰かける修一の視野に飛び込んでくる。そしてブラウスの小さなボタンも、ひとつ……またひとつ。

「なんだ、久美子……指が震えてるじゃないか？」

「お、お願い…………からかわないで……」

衣擦《きぬず》れの音とともに、ブラウスが床に滑り落ち、彼女はすかさず両腕で胸前を隠した。そして「ふぅー」と溜め息をついてから、上着と同色のスカートのジッパーに手が伸びた。これまたするりと床に滑り落ちる。

純白のブラとパンティーだけになった久美子を修一は、それはもうわずか二十センチの距離で、頭のてっぺんから爪先まで視線で舐《な》め回《まわ》した。

「や、やめてよぉー、……修ちゃん」

「動くんじゃない。動いたらデッサンの線が決まらないじゃないか」

と言いつつ、久美子のブラのフロントホックに指をかけ、プチンと外してやった。

「きゃぁあッ!!」

「両手で隠すんじゃない」

修一に制されて、渋々、久美子は両手を降ろすと、そこに、張りの抜群な柔肉がふたつ、先端の桜色の乳暈《にゅううん》も鮮やかに実っていた。

それは、まさしく巨乳という表現が一番ふさわしい。

ごくりと生唾を飲み干す修一。

「久美子、お前……ガキの頃からオッパイでかかったもんなぁ。何センチだ、これ？」

久美子を背中から抱きしめるようにして、両手を前に回して乳房を揉《も》みしだいた。

「あ、や……………しゅ、修一クン……そ、そんなこと……!?」

「マッサージだよ、マッサージ。どうせデッサンに残すなら、お前のオッパイだって、最高の状態で俺に描かれたいだろ？」

「…………」

そのまま両手をパンティーの縁にかけ、ゆっくりとずり降ろしてやる。

布地のクロッチの部分に、わずかだが薄クリーム色の染みがこびりついていた。

「なんだ、久美子、……もう感じてるのかよ？」

大きくかぶりを振って、「そ、そんなぁ……」

修一は、久美子には見えない位置で、その染みの部分の匂《にお》いを嗅《か》いだ。さほど強くはないが、秘処特有の性臭が彼の嗅覚《きゅうかく》を攻めたて、劣情が急速にそそって行く。

久美子をそばに置いてある椅子に腰かけさせると、有無を言わさずに、学生鞄《がくせいかばん》のなかからロープを数本取り出して両手をうしろ手にして縛り上げた。弾力のある焦げ茶色したロープで、これも催淫剤《さいいんざい》とともに裏のルートを使ってひそかに買い求めたモノのひとつだ。

「な、なにを……？　修一クン、いったいなにをしようと？」

「ごちゃごちゃうるさいなぁ。デッサンだよ、デッサン。いまの時代、ＳＭっつーのも立派なアートだからネ」

適当なことをほざきつつ、両足をも椅子に載せて、肘掛《ひじか》けの部分で左右それぞれ、おなじくロープで縛りつけた。

「やぁあぁ～、こ、こんなぁ……いくらアートのためだって……私……」

「黙れッ!!　俺のなかの芸術性をいま、フルに働かせようと想ってるんだから、静かにしてくれよ、久美子」

キャンバスの上を這《は》うはずだった、細い筆先が、首筋をもぞもぞと動き回り、さらに左右の乳首、そしてヘソの穴まで下がってきた筆先が、まだやや蕾《つぼみ》の固そうな花弁の中心部に、ずぶりとめり込んだ。

「ひぃぃ～ッ……あーン、あぁ……こ、これも芸術……なの？」

「決まってるじゃん。先生のオマンコの匂いが……、俺がこうやって、割れ目ンなかで筆先をシコシコ上下させるとさ、もわもわ～っとイイ匂いがオマンコから漂ってくるんだよ。

匂いばかりか……味だって……ほら？」

修一は、夢にまで見た久美子の淫唇《いんしん》に唇を近づけると、ちろ……ちろちろちろ……と舌先で執拗《しつよう》にいらった。そのダイレクトな刺激で、ようやく蜜《みつ》の壺《つぼ》の栓が外れたのか、次から次へと膣《ちつ》の奥から粘ったジュースがこぼれだす。

「あ……ッ、ヤぁあああ～ン、そ、そんな………ダ………ダメ～!!」

修一は喉《のど》を鳴らしてそれを飲み干し、

「うめぇーよ、久美子……。お前、あの磯谷にも、こんな美味《うま》いマン汁を好き放題に飲ましてやがるのかよ？　いつまでも優等生みたいな顔しやがって、やってることは淫乱《いんらん》女そのものじゃねぇかよ？」

ジュブブブブゥ……。彼はバキュームカーさながら、口内にどんどん溜まって行く果蜜をたいらげる。と、今度は舌腹で淫裂《いんれつ》のびらびらをもてあそび、ついでに先端のクリトリスの秘芽《ひが》を、器用に唇ではさんでは前歯で甘噛んだ。

久美子は身動き取れないなりに、知らず知らずのうちに愉悦が萌《きざ》してきて、がたがたと椅子を揺らしてあえぎまくるのだ。

「あンあンあン………お、お願い……どうして……こ、こんなぁ……はぁあぁ～ッ!!」

混乱と戸惑いを含んだ声で訊いてくる。

「お前のその目は、『どうして私がこんなことに？』って訴えてるわけか。簡単だよ。贖《しょく》罪《ざい》……。やっぱ、ヒト様に迷惑をかけた以上、贖罪が必要だろうが？」

冷たく言うなり、修一はその場でズボンとトランクスを降ろして、自分の手で上下に擦《こす》った。先走り汁が潤滑油がわりに、赤黒いカリ首にも焦げ茶色の胴体にもまとわりついて、淫靡《いんび》な光沢を放っている。

「こんな程度で、お前の罪が帳消しになるんだから、俺ってホント、昔から優しいネ？」

言いつつ、怒張しまくった肉棒を、自由の利《き》かない久美子の蜜壺の縁にあてがう。

果汁でぬめる粘膜の、そのなんとも言えない心地良い感触が、尿道口の先端から、一気に修一の脳天まで駆けのぼる。

十分にとば口は潤んでいるものの、淫唇の裂け目がまだ、イチモツの侵入を受け入れるには窮屈なのが気にはなったが、それは久美子自身が彼との行為を拒んでいるのだから、あくまで彼女の心理的なものだと都合良く解釈した。

構わず腰をぐいっと、…………が、やっぱり想像以上にキツい。

「い、……痛いッ!!　お、お願い…………痛い」

「お前がその気になってねぇからだよ。でも、なんか気分がイイぜ。この俺のチンポが、まだなにも知らなかった、あの頃のお前のなかに入って行くような感じでさ。……初めての女とハメてるみたいだぜ」

ぐいぐいっ……と強引に腰を突こうとすると、

「あ、……い、いたッ………ちょ、ちょっと待って!!　修チャン、ホントに痛いッ!!」

久美子の歯を食いしばった表情は、とても愉悦と苦悶《くもん》のはざまを揺らぐ——などというレベルではなく、さすがに修一もいったん怒張を引き抜いた。

「お前、まさか…………バージンか？」

そんなはずがあるわけないという顔で訊いた。

「……………………ええ」

久美子は眉間《みけん》にシワを寄せたまま、半ベソをかいている。

「おい!!　ちょっと待てよ!!」

修一の目が大きく見開かれる。

「いや、だって………磯谷とは？」

久美子は無言で首を振る。

「婚約者なんだろ、お前の？」

「だ、だから……修チャンにちゃんと話を聞いて欲しかったの」

「どういう意味だよ？」

「私……い、磯谷先生とは、まだ…………キス以上のことはなにもないわ」

「——キス以上、なにも!?　嘘つけッ、首筋のキスマークはなんだったんだよ？　あれは磯谷とハメまくった時に、あの野郎に吸われた跡だろうが？　違うか？」

「ち、違う!!　全然そうじゃないの!!　いつだったか磯谷先生とキスしていて、………で、向こうが勝手にひとりで盛り上がっちゃって、ソファに押し倒されそうになったのネ。私、『結婚するまでは、そういうの嫌です』って必死に抵抗して、でも、無理やり……首筋にブチューって。あれは、その時に出来たキスマーク。それ以上のことは、私……誓っても、磯谷先生も含めて、誰ともしてないわ」

「首筋に……………ブチューっと…………!?」

修一は、久美子の台詞をつぶやくようにリフレーンさせた。

——数秒の沈黙ののち、修一は場違いにもゲラゲラ笑いだした。

「そうかよそうかよ、お前、まだ誰ともHしたことねぇのかよ?」

彼の表情から、先ほどまでの険しさが嘘のように消えた。

ひたすら久美子とのFUCKに興奮する、年下の男子高校生そのものだ。

「こんな愉快な話はねぇよ、久美子……。あの糞野郎、さんざん偉そうなことほざくクセしやがって、久美子のこのぐっしょりマン汁に濡れたオマンコを、まだ拝んでもいないんだろ?　俺がお前の最初の男ってわけなんだろ?　あっはははは……こりゃ面白い展開じゃないか。お前の処女膜をこの俺が思いっきり破る。お前は当然、それなりの痛みを受ける。まさしくこれって、俺への贖罪そのものだろ?」

肉棒を右手で擦り、あらためて久美子の淫裂のあわいに切っ先の照準を合わせた。

「お、お願い……もう一度、考え直して、修一クン……。私たち、小さい頃からずっと、一緒だったでしょ？　本物の姉と弟のようなものでしょ？　だから——」

「訂正してもらいたいねぇ、久美子。いまはたんなる教師と生徒だろ？　自分でそういう枠に俺を閉じこめておいて、調子よく自分の都合で立場を変えないでくれよ」

ズブリ!!

今度こそ一気に腰をぶち当てた。

久美子の悲鳴に近いあえぎ声が、いまの修一には、愉悦をさらにヒートアップさせる原動力にもなる。半分ほど胴体が突き刺さったあたりで、やはり強烈に締めつけがキツくなったが、それでも強引に腰を奥まで突いてやる。

「……………………………………はぁああン…………」

痛みに耐えるばかりだった久美子の口許から、わずかに愉悦らしき甘い吐息が漏れた。

——同時に、彼の如意棒もスムースに抽送《ちゅうそう》がかなうようになり、ようやくオノレの愉悦にのみ集中出来た。が、あいかわらず締めつけは厳しく、すぐにも暴発しそうだった。

「う、ううッ……イ、イクぜ…………久美子ぉ」

数度、激しく腰を振った後、にゅるりと分身を抜いて、乳房の谷間に向けた。

ドビュッ、ドビュビュビュ～、ドビュッ……。

破瓜《はか》の証しと果汁を包皮に絡みつけたイチモツは、ふんだんに樹液をぶちまけた。

谷間からはねた乳白色の雫《しずく》は、久美子のかけている眼鏡《めがね》のレンズにまで飛び散った。けだるい想いに駆られつつ、修一が彼女の四肢《しし》の拘束を解いてやる。そのまま床にだらしなく横たわる久美子の秘処の裂け目から、かなり大量の鮮血が垂《た》れ落ちた。

彼女の目からは大粒の涙が流れ、——でも虚脱感からどうにも動けない。

修一はそんな久美子の姿と、床にこぼれる鮮血をじっくり眺めつつ、このうえもない充実感に満たされている自分を感じていた。

が、その悦《よろこ》びはすなわち、いままでのふたりの関係がみごとに壊れてしまった代償にほかならない。

(これでもうお前は、俺からけっして逃れられない。最初から、こうなる運命だったんだよ、俺たちは。お前が俺のことを裏切ろうがどうしようが……)

修一の想いが久美子に届いたのか、彼女はぴくりと全身を痙攣させつつ、「はふぅ〜ン」とあえいだのだった。

第四章　禁忌への誘惑

翌日もその翌日も、ヌードデッサンとは名ばかりの強制FUCKが、美術室で行われた。

べつに修一は久美子の身柄そのものを拘束しているわけではない。

来たくなければ来なければいいのに――彼女は驚くほど律儀に、美術室へやって来た。

もちろん修一に犯されたくてやって来るのではない。彼を教師として、あるいは姉がわりとして、けなげにも説得して改心させるつもりがあるのだ。

が、すでにそんなふたりの〈枠組み〉をみずから壊してしまった修一にとって、久美子の言葉などはなから聞く耳を持っていない。

哀《あわ》れにも彼女は、みすみす修一の常軌を逸した淫情《いんじょう》の餌食《えじき》にされるばかりだった。

――この日も、生徒も教師も、誰《だれ》もいなくなった美術室のなかに、ブラウスの前ボタンのすべてとブラを外された久美子が、立ったまま修一にもてあそばれていた。

たわわに実った久美子の乳房は、修一が下からぐいとわしづかむと、適度な弾力で彼の掌《てのひら》を押し返してくる。顔を乳暈《にゅううん》に近づけて、舌腹でれろれろと撫《な》で回せば、面白いようにやや扁平な突起物が固くしこりだすのだ。

「なんだ、久美子……日増しに感度が良くなって行くじゃないか。俺《おれ》の教え方がうまいのかネ？　それとも、これがお前の本性っつーわけか？　あっはははは……」

笑いながら、修一は久美子のスカートをたくし上げ、一気にパンティーをずり下げると、さほど量の多くない若草の柔らかさを指の腹で味わいながら、むちゅッと淫裂《いんれつ》のあわいに人差し指を押し入れた。

指の根元まで膣内《ちつない》に潜らせて行って、〈く〉の字に何度も屈曲させると、それだけで久美子は背中をのけぞらす。破瓜《はか》から日にちを経たSEXでも、異物の挿入《そうにゅう》に対して痛みがなかなか消えなかったが、今日はもう大丈夫そうだ。久美子は痛みではなく、あきらかに愉悦を得てこらえきれずにあえいでいた。

「ふぅぅぅ……あッ、ね、ねぇ……お願……い……修一クン……ああン、こんなこと……もう、はぁあ〜ン、……もう……やめにしましょ…………うよ……」

「なに言ってんの、こんなに俺の指をマン汁でぐっしょり濡らしちゃってさ。とてもじゃないけど『やめにしましょう』なんて上品なオマンコじゃないだろうが？」

修一はわざと、生温かいぬかるみを指で、クチュクチュと音をたてて掻《か》き回《まわ》してやる。

「ヤぁあ〜ン、そ、そんな……イヤらしい音……お、お願い、ヤ……メ……てぇ……」

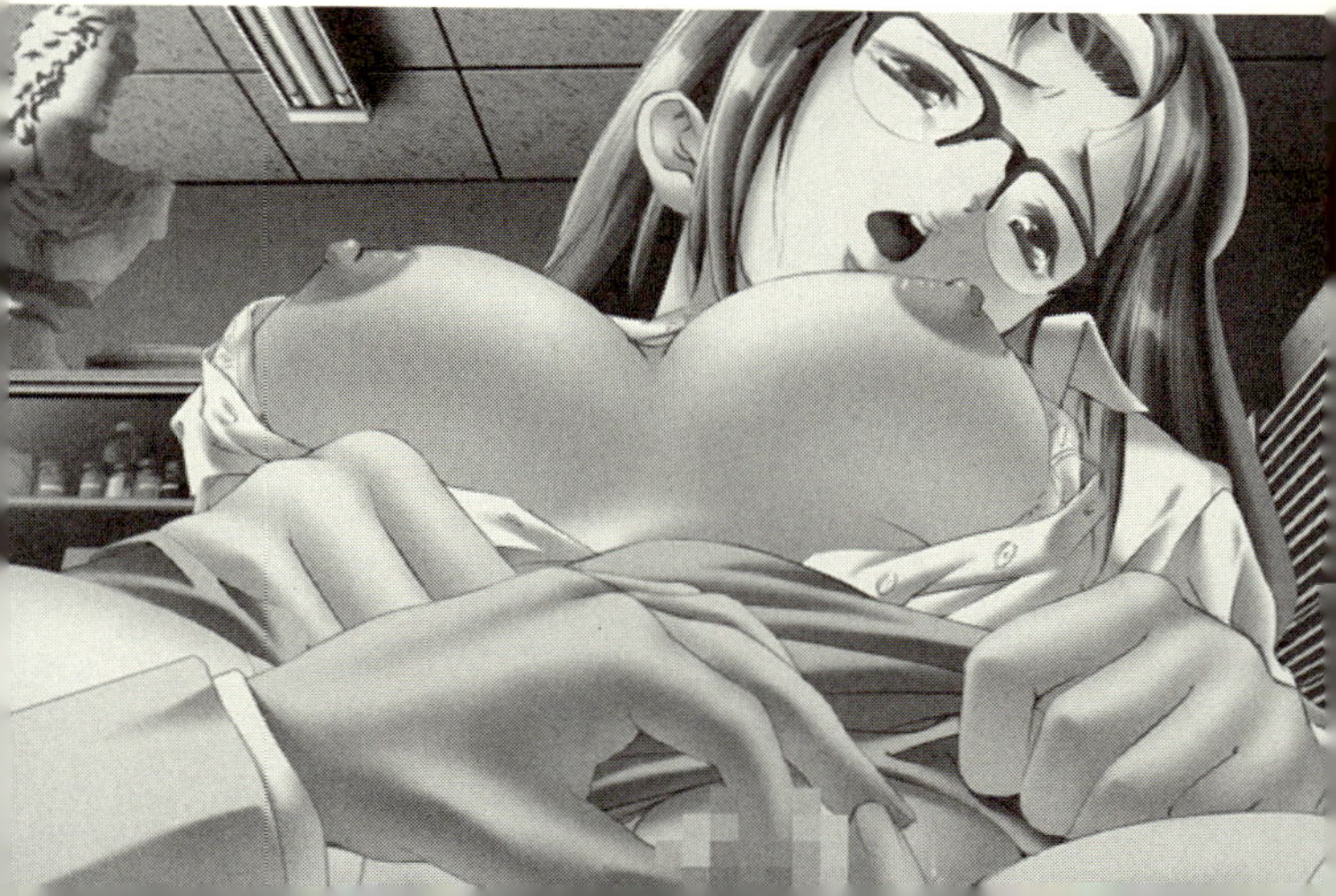

久美子はそのまま膝《ひざ》を崩してしゃがみ込んでしまう。待ってましたとばかりに、修一は彼女を横たえ、思いっきり太腿《ふともも》をV字に拡《ひろ》げた。そしてあらためて久美子の淫裂を、念入りにチェックし始めた。

「へぇー、久美子のビラビラって、意外と色が濃いじゃん。お前、時々、学校のトイレかでひとりHしてんじゃねぇのか?」

「ヤァン、そ、そんなこと……私、……してません。修一クンだって、こんな破廉恥《はれんち》なこと、するような子じゃないでしょ? ホントはもっとイイ子で……。お、お願い……昔の……あの頃《ころ》のあなたに戻って……」

「俺はもともとこういう男だぜ。そして俺のムスコだって……あの頃に比べれば、当然サイズは変わったけど、こいつがお前に感じてたことは、いまも昔もなんにも変わりはしない。変わったのは唯一、お前の気持ちの方なんだよ」

吐き捨てるように言うと、彼はズボンのジッパーを降ろし、中からすでに剛直を誇らせている分身をつかみだし、そのそそり勃《た》った胴体で、ぴしゃりぴしゃりと久美子に往復ビンタを喰《く》らわせる。

「ひゃぁあああッ、ヤぁあ……あああン」

眼鏡《めがね》をかけた彼女の顔に、はずみで透明な先走りローションが飛び散ってツツーッと卑猥《ひわい》な糸を引く。修一は屈《かが》みながら久美子の両太腿の間に割って入った。腰を手前に引っ張り上げる要領で、自分のイチモツを秘処のど真ん中に突き刺した。

「ひぃぃぃーッ……はぁあン、しゅ……修一……ク〜……ン……」

甲高い声を上げて、上半身をさかんによじる。修一は膝立ちで彼女に腰をぶつけて行く。

「どうだ？　この俺サマの気持ちが、お前にわかるか？　俺がどんなに久美子のことを……」

両太腿の付け根あたりを支えるようにし、修一は久美子の腰をもたげて責めまくる。

ブチュッ、ジュブブブゥ……ブチュチュ……ふたりの結合部から、なんとも卑猥な粘着音が響いてくる。

「はぁあン、……ああッ、しゅ……修……チャ〜〜ン……うぅぅぅ……」

久美子の口からあらがいの台詞《せりふ》に変わって、甘く切ない嬌声《きょうせい》が漏れてくる。それを聞いているだけで、修一の満足感がより一層つのり、腰の突きと抽送《ちゅうそう》のスピードに磨きをかける。

このままフィニッシュに持って行くつもりが、苦悶《くもん》と愉悦にゆがむ久美子の顔を見せつけられるうち、そのいかにも優等生的な面持ちを、ナマ臭い精液で汚したくなったのだ。

いったんまぐわいを解くと、ふたりの向きを変え、彼女の髪の毛をわしづかみにして、口許《くちもと》に自分の淫汁《いんじゅう》まみれの肉棒を近づけた。

「ほら、久美子……しゃぶるんだ。何度裏切られようとも、お前のことだけを思い続けてきた、この俺のチンポを………ほら!! ほら、ちゃんと口開けて!!」

が、久美子は顔を右や左にそむけ、なかなか言うことをきかない。仕方なく彼女の鼻をつまんでやると、息苦しさにおのずと口が開く。すかさず喉《のど》の奥まで怒張を滑り込ませる。

「いいか、ちゃんとしゃぶれよ。歯で噛《か》み切《き》ったりしやがったら、ただじゃ置かねぇぞ」

「ふぐぅぅぅ………うウン、ふぐぐぅ……」

久美子はさかんにむせ返りながら、イヤイヤを繰り返すが、髪の毛をつかまれていてはどうしようもない。

「――――うッ!! く……久美子ぉ、イ、……イクぅ……」

一気に腰を引いた瞬間、尿道口から新鮮なザーメンが噴射した。吐液はまっすぐに久美子の鼻の真横あたりに命中し、はじけた飛沫《しぶき》が、眼鏡やら額、頬《ほお》、顎《あご》、……髪の毛まで白く塗りたくって行く。茫然自失《ぼうぜんじしつ》の彼女は、荒く息をつくばかりで言葉もない。

「なぁ久美子、よく聞けよ。俺はこれから先、もっともっといろんなことをお前に教えてやるよ。あの糞野郎《くそやろう》と結婚するまでに…………そう、いろいろとネ」

修一の醒《さ》めた口調に、久美子はおびえて震えるばかりだ。

「俺は本来、こんな形で久美子を〈愛する〉つもりなんてなかったんだぜ。いや、そういう気持ちが…………正直、どこかに眠っていたのかもしれないけど、それを目覚めさせたのは久美子……お前自身だ。悪いけど、俺は俺のやり方で、きっちりお前との関係の〈けじめ〉をつけさせてもらう。――それが久美子にとって、非常につらい現実を意味することになるとしてもだ。わかったな？」

「…………………」

久美子は蒼《あお》ざめた表情のまま、ただ虚空《こくう》を見つめていた。

◇　◇　◇

――吐精後の心地良いけだるさに包まれつつ、身支度を整えていた時、ふと、かすかだがこの美術室の前の廊下で、なにかが壁にぶつかった音がした……ような気がした。

誰かがドアの手前に、じっと立っていた気配だと言った方が正確かもしれない。

(覗《のぞ》かれた⁉　この時間、校舎のなかには誰もいないとたかをくくってたのに……)

あわてて修一はドアに走り寄り、そっと開けてみる。

――いない。が、窓外からの薄明かりに、髪の長い女性らしき人影が、足早に遠ざかって行くのが浮かび上がっていた。

（誰だ⁉　いったい誰なんだ⁉）

修一は足音を消しながら、その影を追った。

長い廊下の角を曲がったところで、やっと影に追いついた。彼の正面を、マントのような布きれを一枚まとった細身の女性が、コツコツコツ……と規則正しい足音をたてて遠ざかって行く。暗闇《くらやみ》がまさっていてほんの数メートル先なのに視野がクリアにならないのだ。

でもその人物が通り過ぎて行く空間に、ほのかな残り香が漂っていた。草いきれというか、みずみずしい緑の芳香というか、彼の鼻孔《びこう》をなぜか不思議とくすぐる匂《にお》いだった。

（ン？　これ……………どこかで嗅《か》いだ気が……。それに、学校のなかを薄っぺらい布きれを着て歩いてる人物って……⁉）

彼の視覚と嗅覚《きゅうかく》のふたつの記憶をまさぐると、意外なほどすぐに答えがはじきだされた。

「ちょっと待って下さいよ、伊東先生？」

ほぼ間違いないという確証から、思いきって声をかけてみた。影はぴたりと立ち止まり、なにごともなかったようにくるりとこちらを振り返った。

早足で近寄って行って、ほぼ至近距離で影の〈実体〉と向き合った。

マントに見えたのは理科の実験用の白衣だった。化学担当の非常勤講師、京乃だ。

「なにか？」

ぽつりと、でもまるで感情のこもらない彼女の言葉。

斜め真上の方から注がれる非常灯の灯《あか》りだけが頼りのなかで、顔色の変化まではさだかでないが、まじまじと顔を見つめても、べつに視線をはずすわけでもなく、ほとんど動揺の気配もうかがえない。

(――まさか、こいつじゃないのか？　でも、……間違いなく美術室の前に立っていたのは、こいつのはずだ)

とは思うものの、京乃の態度を前に、かえって修一のなかで確証が揺らぐ。

下手《へた》に相手を責めたてて、もし見当外れならヤブヘビだ。

にわかに彼の心臓の鼓動が高鳴る。

「なにか？」と、先ほどとおなじトーンで、京乃が急《せ》かしてくる。

「あんたさ、…………見てたんだろ？」

イチかバチか、単刀直入に問うた。京乃の表情に変化はない。いや彼女の表情から、生気そのものがまるで感じられないことに、修一はいまさらながら気付かされた。

「ええ、たしかに見てました」

あっさり認めるとは予想もしてなかったので、彼は正直、あっけにとられた。

「でも安心してください。このことを誰にも口外するつもりはありませんから」

よどみなく淡々と語られる京乃の台詞には、ある一定の距離から内側には、どんな人間であれ立ち入れさせないという、強烈な拒絶感が含まれているように感じられた。

「あんたバカじゃねぇの？　そんなたわごと、信用出来るわけがねぇだろうが？」

わざとぞんざいな口調で言い放ち、京乃の反応をうかがった。

——が、まるで彼女は動じない。

「事実、私が口外をしないと言えば、しないのですから……。もう、厄介ごとにはかかわりたくないのです」

そう言った京乃の左の頬が、かすかに震えたような気がした。

「もうってなんだ？　前にもこの学校で、おんなじようなことがあったってことか？」

「…………知りません。非常勤は、自分の受け持ちの授業だけが大切なのです。授業以外の……たとえば放課後に、この学校の生徒や教師がなにをやってようが興味ありません。トラブルに巻き込まれるのなんてご免です」

さすがの修一も拍子抜けしてしまい、噴きだしてしまった。

「なんだか変わった先生だな、あんた？」

「べつに…………………目立ちたくないだけです」

「ああ、そうかよ」

彼も京乃の口調を真似《まね》して言い、これまた反応を見たが、無駄なことだった。

「告げ口しない本当の理由は、あなたが危険人物だと思うからです」

「俺が？　…………危険だって？」

「もっと言えば、あなたはきっと怖《こわ》いヒトです。ですから私…………あなたのすることに口出しはしないし、かかわり合いにもなりたくない。それだけのことです」

「へぇー、すごいネ、あんた。ヒトからそんなにはっきり言われたことねぇよ、俺……。惚《ほ》れ惚《ぼ》れしちゃうねぇ、伊東先生？　わかったよ、そんなに突っ張るなよ。お前のオマンコも、久美子同様、可愛《かわい》がってあげりゃあイイんだろ？　あっはははは……そうかそうか、早く言えよ、そうならそうって。あっははは……」

修一は下卑《げび》た笑い声をたて、京乃の胸を、ワンピースの上からぐいとわしづかんだ。なかなかボリュームがあって形の良い弾力が、彼の掌に伝わった。

「なぁ、あんた……サイズ、いくつ？」

気安く訊《き》いた途端、京乃はあいかわらず表情を変えず、黙ったまま白衣のポケットから鋭利なナイフを取りだし、修一の顔の前に突き出した。

「お、おっと……」と、驚いてさっと後ずさる修一。

「もし、これ以上続ける気なら、冗談では済まなくなりますよ」

「…………」

「取り引きしましょう。私に金輪際《こんりんざい》、手を出さないことを約束してください。そうしてくれれば、私も黙っていますす」

「おいおい……たまげたねぇ。この俺を脅迫してきやがったかよ」

無理に笑顔を作ってみるが、その表情に応《こた》える気は、まったくないようだ。

「わかったわかった。俺の負けだよ……。もう先生には手を出さない。約束するよ。だから、その物騒なのは引っ込めてくれよ」

「本当ですネ？」

「しつけぇなぁ。いくら非常勤講師だって、少しは教え子の言葉を信じてくれたってイイんじゃない？　それに俺の方だって、さっきのことをあちこちで喋《しゃべ》られるとまずいんだぜ。あんたとの約束を守らないわけには行かないだろ？」

「…………わかりました」

ようやく京乃はナイフを白衣のポケットに戻した。

もう一度だけ念を押してきた時の、彼女のまなざしが、一瞬だけ憎悪に満ちてぎらりと光ったのを、修一は見逃さなかった。

「約束ですからネ」

（こいつには絶対、なにかある。それも、決定的な〈なにか〉が!!）

なにごともなかったように、ふたたび彼に背中を向けた京乃は、先ほどとおなじ歩調を保ちながら闇のなかへ消えて行く。

コツコツコツ……その規則正しい足音を耳にしているうちに、修一はふと、想《おも》ったのだ。

まるでロボットみたいだな、と。歩き方も喋り方も、そしてモノの考え方まで――、こうまでヒトの温《ぬく》もりを感じさせぬパーソナリティーには、めったにお目にかかれない。

（こいつって、ホントはいったいどんな女なんだ？）

俄然《がぜん》、修一は興味が湧《わ》いてきた。

どんな言葉を投げかけられても、まるで動じる気配がない。一見、毅然《きぜん》としている。

でも、その本心は……京乃のなかに、絶対に他人に触れられたくない〈なにか〉があって、それを隠蔽《いんぺい》したいがため、自分の周りにわざと分厚いバリアを張り巡らせているに過ぎないのではないか？

（――もし、俺がそのバリアをすべてぶち壊してやって、こいつが必死になって隠そうとしている〈なにか〉を無理やり引きずり出してやったら、どうなる？　そうなってもまだ、『厄介ごとにはかかわりたくないだけ』なんてほざいてられるかネ？　ククククク……こりゃあ面白そうじゃんかよ）

またしても修一のなかの、暗く澱《よど》みきった淫情がさかんにヒクヒクうごめきだした。

彼の脳裏に、身ぐるみはがされた京乃が、修一に無理やりバックから凌辱《りょうじょく》され、苦悶の表情を浮かべながら、悦《よ》がりたくないのに悦がっている――光景が浮かぶ。

いつでも喜怒哀楽をあらわにしない京乃が、「やめてぇ～、やめてぇ～」と、出せる限りの声を張り上げて懇願してくるのだ。

（ううッ、たまらねぇなぁー!!　久美子とやったばかりなのに、また……したくなっ

てきちゃったじゃねぇか)

使用済みだったはずの愚息が、みるみるそそり勃ち、布地の内側から熱い息吹《いぶき》を伝えてきていた。修一はその強《こわ》ばりを、ズボンの上からそっと撫でつけ、無言で語りかける。

(お前の出番はまだだよ。とりあえず、今日のところは俺の完敗だ。でも、近いうちに絶対、こいつの弱味を俺サマが見つけだしてやるからな。どんな人間にも、かならずひとつやふたつはある、決定的な〈なにか〉を、近いうちにきっと——!!)

久美子をはじめ、ほかの女たちへの想いとはまた質の違う、きわめて倒錯した淫情を、いま、修一ははっきりと意識したのだ。

(この俺を脅迫したことの意味の重さを、あの女によーくわからせてやるぜ)

ククククク……彼の口許に、いつになく酷薄な笑みが浮かんでは消えた。

◇　◇　◇

その夜、自室のベッドに寝転がりながら、修一は自分が日増しに欲望本位に生きているような気がして、ひとりほくそ笑んだ。

久美子のこと、梢子のこと、そして京乃のこと、……さらに校長先生の沙千保。

こうなったら四人の女すべてを、オノレの怒張ひとつで悦がらせてみたい!! いや、それを実行し成功させることこそが、自分に大昔から課せられた使命のような気がしていた。

仲田家に出入りしていた多くの大人《おとな》の男たちは、本家の親族も含めて、みんなつねに欲望にギラギラと瞳《ひとみ》を輝かせ、ときおり邪悪そうな薄笑みを浮かべては、修一のそばを通りすぎて行ったのだ。

幼い頃、その不気味な笑顔の意味がまるでわからず、とても怖かった記憶がある。

が、この歳《とし》になってみて——いやこの弓ヶ浦に移り住んできてからの修一は、その大人の男たちと同様の〈血〉が、自分のなかにも確実に流れていることを自覚せざるを得なくなってきた。

べつに誰に教わったわけではない。

事実、その〈血〉の正体を具体的に教えてくれる大人など、誰一人いなかった。

父親ですら、幼い自分を置いて、さっさと出て行ってしまったくらいだ。

仲田家のすべてを取り仕切っていた祖父は、孫の修一のことをどう考えていたのか……？

父親の葬式の後、久美子の勧めに乗った恰好《かっこう》で、彼女と一緒に弓ヶ浦に行くことを告げた時、「ふむ……。みずから選ぶというわけか」とそっけなく言った。

しかもそれに続けて、「ま、それもよかろうよ」だった。

そのふたつの台詞をいま、修一はあらためて噛みしめていた。

(もしかして俺のお爺様《じいさま》は…………昔、本家で一緒に暮らしていた久美子とこうなることを……、とっくの昔に承知していたんじゃないか？)

ふと思いつき彼は、父親の遺品を整理してみることにした。ここに越してきた時、段ボールの箱に無造作に突っ込んでおいたまま、手つかずになっていたのだ。

ほとんどのモノが、修一にとってはまるで必要性を感じない〈粗大ゴミ〉ばかりで、かえって父親への憎悪が増したくらいだ。

(あのろくでなし野郎め、捨てた息子に対して、なんかひとつぐらい『これは!!』というのを残してくれたって、良さそうなもんじゃないか)

修一は、箱のなかにそのほこりだらけの父親の遺品を、乱暴に放り投げるようにして元に戻しつつ、情けなくなって溜《た》め息《いき》をついた。

(チッ、……こんなゴミの山のなかから、俺がいま一番知りたい〈なにか〉なんて、出てくるわけがねぇんだよな)

憤懣《ふんまん》やるかたなく、修一は思いっきりその箱を蹴飛《けと》ばしてやった。はずみで箱がひっくり返り、せっかく戻したばかりの中身がふたたび床にぶちまけられた。

(——ン? なんだ、このノートは……?)

修一が見落としていたとしか言いようがない。無惨にも破けて変型しまくった箱の底から、古ぼけた一冊の大学ノートが飛びだしてきたのだ。怪訝《けげん》に思いつつ、おもむろにそのノートを開いてみると、各頁《かくページ》、びっしりと、いかにも几帳面《きちょうめん》そうな文字が並んでいる。

どうやら日記らしい。それもかなり年代は古く、修一がまだ生まれる前、若かりし頃の父親の日常が、じつに克明に書き込まれていた。

（これが……………これが、俺の親父《おやじ》の字なのか!?）

思えば修一は、父親がどんな人間でどんな生活を送った男なのか、まるで知らない。葬儀の時に祭壇に飾られた遺影と、この字を結びつけてみても、そこからはなにも連想されない。決定的に父親の記憶が欠如していることに、いまさらながら驚かされた。

さほどの関心もなく、思いつくままにぺらぺらと一頁、一頁、そのノートをめくって行くうちに、なぜか次第に引きずり込まれるように父親の書き込みの内容に没頭し、ある箇所で視線が釘付《くぎづ》けになる。

「な、なんだよ、これ!?」と、修一は思わず声を上げた。

『○月×日
やはり自分がおぞましい一族の一員であったと悟った。許されざる慣習に染められた忌《い》まわしき血族。その血が自分のなかにも脈々と息づいてることを知ったのだ。』

（………………これって、どういう………意味………………？）

その日の記述だけ、それまでの文体とはあきらかに雰囲気が違っている。

自分のことを記してる以上、〈血族〉とは仲田家そのものであり、〈一員〉とはすなわち、父親自身を指しているのだろう。

『そういう習わしがあることは聞いていた。先祖代々、受け継がれてきた伝統だと。だが遺伝学的に問題があることは言うまでもない。傑出《けっしゅつ》した才能が芽生える可能性とひきかえに、確実に衰退を進める退廃《たいはい》の習わしでもある。』

読み進めるうち、日記を持つ手におのずと力がこもる。――じんわり掌に汗がにじむ。

(いったい、なんのことを言ってるんだ?)

急に、言いようのない強烈な不安感が、修一のなかに膨《ふく》らんで行く。

『しかし私の体内に流れる血は、たしかに求めるのである。私は誘惑に屈した。薬剤を用いられたとはいえ、実の妹と禁忌の契りを結んでしまった。ここに願望がなかったと言えば虚偽になる。この日記を残す意味もなくなるだろう。私は、本家の血筋から、すみやかにこの忌まわしき悪弊が立ち消えてくれることを祈らずにはいられない。』

修一はそこでノートを閉じた。まだ先はあるが、本能的に手がノートを閉じてしまったのだ。

(親父が……………………………………実の妹と⁉)

異常なほどの心臓の鼓動の高鳴りだ。思わず息苦しくなって、あわてて深呼吸をこころみる。ノートを放り投げて、ベッドに倒れ込んだ。が、無理に目を閉じて眠ってしまおうとしても、やたら神経が研《と》ぎすまされて、なかなか眠れない。

おぞましい一族、忌まわしき血族、……日記の文字が脳裏を駆け巡る。

(それが仲田家のことを指している限り、当然、俺にも当てはまる。俺も、いつかは親父みたいに、誰かと禁忌の契りを結ぶようになるということなのか……?)

修一の両腕に、みるみる鳥肌が立つ。そしてハッとなった。

(ひょっとして、親父が死んだのって、これを苦にしての——⁉　長い年月、ひたすら悩んで悩んで悩んで、そして…………………半年前に)

父親の葬儀の時、親族の大部分にも部外者にも、あくまで死因は〈不慮の事故〉で通してしまったのは、おそらくはその詳細が飛び火して、本家の〈忌まわしき慣習〉が白日のもとにさらされるのを怖《おそ》れてのことだろう。

もちろんそこには、修一の祖父の意志と力が働いているはずだ。

(これは、直接訊いてみるしかねぇな)

乱暴に寝返りを打つが、意識はどんどん冴《さ》え渡《わた》ってくるばかりだった。

◇　◇　◇

翌朝——それも、まだ午前六時を回るか回らないかという時刻。

修一は思いきって、本家に電話をかけてみることにした。

父親の葬式以来、連絡らしい連絡を取っていない。

およそ半年ぶりに、家長である祖父の声を聞くことになる。

厳格で独特な雰囲気を持った祖父。さすがの修一も緊張で受話器を持つ手が震えている。

ていねいな口調で祖父に挨拶《あいさつ》を済ませ、

「じつは親父の日記を見つけたんです。俺が生まれる前のことだったらしいですけど、親父は実の妹と関係を持ってしまったらしいんです。日記のなかで、親父はそのことをひどく後悔してました。『禁忌の契りを結んでしまった』と……。で、俺…………もしやと思ったんです。俺の親父の、本当の死因は、自殺だったんじゃないかって？」

受話器の向こうで、祖父は黙ったままだった。

息遣いだけがノイズとして彼の耳に響いてくる。

「どうしても気になるんです。お爺様にお訊きするしかないと思って、それで…………」

「知りたいことはそれだけか？　だったら答えは、その通りだよ。気が済んだかネ？」

やっと祖父が重苦しいトーンで応じた。

「やっぱりそうでしたか……」

「ついでだから、教えておいてやろう。そのお前の自殺した父親と、その妹の間に生まれた子供が、…………修一、お前だよ」

「え？　あ…………!!　お、お爺様、それ…………ほ、本当…………に…………!?」

突然、出生の秘密を明かされて、修一は受話器を握りしめたまま呆然《ぼうぜん》とするばかりだ。

(そ、そんなことが…………。でも、……そうか、あの日記の日付は、そう言われてみれば、俺が生まれる……たしか一年近く前。チッ、俺としたことが……そんなこと、まったく想像してもみなかったぜ)

祖父になんと言葉を返して良いやら、見当がつかなかった。

でも、常軌を逸したとんでもない事実を突きつけられたわりに、修一の心は、意外に痛んでいなかった。もちろん、たしかに驚きも当惑もあるけれど、意識の大半は、なぜか不思議と冷静なのだ。まるで他人ごとのように、「へぇー、そうなんだ？」というレベル。

「修一、いいか、よぉ聞けよ‼」

彼の想いを知ってか知らずか、祖父はひときわ声を張り上げて、

「重要なのはたったひとつ——お前が正真正銘、仲田家本家の血筋を引く、大切な男衆のひとりだという事実。それだけだ。いずれわかる。いや、きっと、もうすぐわかる」

それだけ言うと、電話は一方的に切れた。ツーツーツーツー……受話器から聞こえてくる耳障りな音を、修一はただ無心に聞いていた。

（やっぱり、俺のなかにも〈忌まわしき血族〉の血が…………‼）

けっして心穏やかでいられるはずもないが、でも、彼の本能は、とっくの昔にその事実を踏まえていたはずだ。

彼の淫情が、はなはだ暗くよどんだ邪心をもとに萌《きざ》されることを——。

（ふん、この俺サマの体に流れる血が忌まわしいからって、それがどうしたって言うんだよ？　俺は俺じゃねぇか‼　俺は俺のやりたいように生きるしかないだろうが‼）

修一はなにを思ったか、学生鞄《がくせいかばん》に詰め込んだ、SEXグッズの数々を、ひとつひとつ取りだして絨毯《じゅうたん》の上にならべた。

大小サイズの違いのある電動バイブのたぐいを、すべてスイッチをONにして動かした。

独特の低周波音がたばになって、部屋中に響き渡る。うねうねと、けったいな動き方でのたうち回る、それらの異物を眺めているうちに、修一の胸中にとぐろを巻いていた迷いも不安も、すべて消し飛んで行くのを感じた。

(どうせ俺のなかにも、本家の血が流れてるんなら、否定したってしょうがない。せいぜいその血を、愉《たの》しんでやるしかねぇだろうが!!)

ククククク………が次第に、あっははははは………に変わり、修一は気が触れたように笑い転げながら、一本の巨大バイブを握りしめた。その無数のイボイボがうごめく様を、じっと見つめた後で、

「——自殺なんて、しょせん愚かな野郎のすることだぜ」

ぽつりとつぶやいたのだった。

◇　◇　◇

まだ登校時間には早かったが、修一は珍しく、まだ教師も生徒もほとんど通ってきていない、学校のなかをひとり歩いていた。

昨夜からの諸々の鬱憤《うっぷん》を晴らす意味もあって、沙千保に狙《ねら》いをつけたのだ。

まっすぐに校長室に行き、机の真下にあるコンセントのふたをドライバーではずした。そして超小型の盗聴器をしかけた。さらに書棚の隅にアロマライトを取り付けると、電源を入れた。ライトの上部の皿に、イランイランとバチェリーという催淫《さいいん》作用の強いハーブ

をブレンドして、やや多めに垂《た》らしておいた。

これらの道具はすべて、梢子や久美子に使ったバイブなどと一緒に購入済みだった。

ほどなく独特の香りが校長室全体に漂いだした。

さらにトドメは、紙袋のなかに入れた、全長三十センチはあろうかと思われる、巨大バイブだ。これを机の一番上の引き出しに隠し、わざと少しだけ引き出しを開けておいた。

そこに、なにも知らない沙千保が入ってきた。

「あら仲田クン、早いわネ」

誰もいないはずの校長室に、先客——それも生徒のひとりの修一がいたことを、沙千保はやや気にかける素振りを見せたので、すかさず彼は、

「お早うございます。校長先生。……どうです、なにか匂いません？」

「そういえば……うん、なかなかイイ香りじゃない。これ……どうしたの？」

「昨日掃除したときに、俺……なんかここの書棚が殺風景だなぁと感じたものですから、俺のウチに余ってたアルマポットをひとつ、置いてみたんです。先生にプレゼントしますよ。なかなか部屋にマッチしてるでしょ？」

「それはどうもありがとう。悪いわネ。う〜ん、ポットも素敵だけど……この香り、私、すごく気に入ったわ。仲田クンって、センスいいのネ？」

深呼吸してうっとりする沙千保の瞳は、早くもアロマオイルの影響で潤みだしていた。

「じゃ、俺はこれで失礼します」

「あ、本当にどうもありがとう。大切に使わせていただくわ〜。仲田クンも今日一日、しっかりと授業に集中してネ」

そう言った沙千保のトーンが、わずかに甘ったるしく響いた。

◇　◇　◇

校長室をあとにした修一は、そのままなに喰わぬ顔をして一時限目の授業を受けた。

アロマオイルの注意書きには、芳香の効果が心身にたっぷりと浸透するには、約二十〜三十分かかるとあった。

修一のクラスと校長室との距離は、十分にワイヤレス盗聴器の電波捕獲エリア内だ。

授業に集中するふりをして、修一はこっそりイヤホンで校長室の様子を探っていると、二十五分を過ぎた頃か、がさごそと紙がこすれる音がしたかと思うと、

「いったい、誰がこんなもの……？」

ひとりごとを沙千保が吐いた。しばらくして、バイブのスイッチを入れたらしき低周波音が、ノイズ混じりに聞こえだした。

「…………………す、少しだけなら……」

「…………ン…………ンンーッ……」

沙千保の肉声が、はっきりと修一の耳に届いた。作戦は成功したらしい。

（悪く思わないで下さいよ、校長先生……ククククク……）

修一はひそかにほくそ笑んだ。さっそくふらりと席を立つと、「具合が悪いから保健室で休んできます」とだけ教師に告げ、そのまま校長室に直行だ。

――沙千保は催淫アロマの影響もあって、修一がわざと引き出しに置いた巨大バイブを用いて、ひとり激しくオナっていた。

椅子《いす》に浅く腰かけ、スカートをたくし上げながら、膝を立てるようにして両脚をMの字に開いている。黒いパンティーの脇《わき》から、無理やりバイブの切っ先を潜り込ませたようで、前後左右にグラインドする、その異物の強烈な刺激に、沙千保は完全に翻弄《ほんろう》されていた。

「はぁ～ン、……………あ、あなたぁ～………………イイッ、とってもきちゃうのぉ～!!」

妄想のなかで旦那《だんな》を求めているのか、完全にとろけた瞳で口を半開きにしていた。

ドアを細めに開け、沙千保の〈状態〉をたしかめた修一は、「随分、溜まってたんですねぇー、校長!!」

かけ声とともに校長室へ入り、勝手にドアに施錠《せじょう》した。

「あ、……ちょ、…………………ヤぁあ…………な、仲田クン…………………あなた、じゅ、授業中……はぁあン、……でしょうが……？」

予期せぬ修一の登場に、焦りまくった沙千保はなんとか取りつくろうとするが、秘処への愉悦がたまらなくて、バイブを手放すことが出来ない。

「ひっどいなぁ、校長……。俺は一生懸命に教室で勉学に励もうと思ってるのに、この学校のボスみずから、しかも校長室のなかで、バイブなんか使って手マンチョこいてるとは……いやぁ、たまげちゃったネ」

修一が沙千保のそばに近寄りながら、からかうと、沙千保はなにをどうして良いやら半狂乱の態《てい》で、姿勢を正そうと椅子に座り直した途端、バイブが床に落ちる。

「はぁああ……」

「うわぁ、マン汁がべっちょり!!」

すかさずそのバイブを拾うと、大小のイボイボの突起にねっとりと果蜜《かみつ》が絡みつき、白く泡立った本気汁まで粘っこい糸を引いている。その匂いを嗅いで、

「あ～、さすが、大人の女のオマンコの匂いって、素敵だなぁー。そこいらのガキンチョの匂いとは雲泥の差だネ。……味の方は………うん、酸っぱくって、ちょっとえぐみがあって……やっぱり、アダルトだよ、アダルト……こりゃうめぇーマン汁だよ」

バイブにさかんに舌を這《は》わせつつ、修一は素早く沙千保のパンティーを剥《は》ぎ取《と》った。

そして両脚をあらためて押し広げると、すでにトロサーモンの淫唇《いんしん》が充血しまくっている、そのど真ん中に、手にしたバイブをめり込ませた。

「な、……はぁああン……ちょ、ちょっと……ああ～ン、キ、キミ…………やめてぇ～、あああ……そ、そんなぁ、こ、校長室で………なにしてるんですぅ………」

必死にあらがうが、催淫ハーブの作用で身動きも鈍く、おまけに愉悦の激しさで腰が完全に砕けてしまっていた。

「参っちゃうなぁー、それは俺の台詞ですよ、先生。校長室でこんなエロいことしてるのを、ほかの先生や生徒が知ったら、どうなる？」

　バイブの強さのレベルを一挙にＭＡＸにし、修一は沙千保の淫裂をもてあそぶ。彼女はさかんに拒絶の言葉を連発しつつも、脊髄《せきずい》を脳天まで駆け上るエクスタシーに翻弄され、つい……修一のすぐ目の前で腰をクイッ、クイッ、と上下にせわしく揺すってしまうのだ。

「アアア～ン、……お、お願い……な、仲田ク～ン……

……も、もうここから……出て行ってぇ～!!　こんな恥ずかしいところ……どうしたらイイのぉ～」

　ここでいったん修一はバイブを抜き取ると、そのままの姿勢の沙千保を、優しく抱きかかえるようにして、耳元でささやいた。

「いいかい、よく聞くんだ。いまここで俺が出て行った

としても、校長室で目撃しちゃった事実は、けっして俺の記憶から取り除けない。だったら俺も先生もグルになってさ、このままもう少し、愉しんじゃえばイイじゃん？」

いきなり沙千保の唇を奪う。修一の舌が、彼女の口内をめちゃくちゃに動き回り、たっぷりの唾液《だえき》を注ぎ込んでやる。――同時に、人差し指と中指の二本を沙千保の蜜壺《みつつぼ》にめり込ませ、Ｇスポット付近を指の腹で緩急をつけてこすった。

「うぐぅ……そ、……うぐぅ……はぁあああン、そんなこと………で、出来るはず………ない……じゃない………」

沙千保の唇を解放してやってから、

「はずがないってさ、いま……もう、出来ちゃってるじゃん？　ネ？　大丈夫だよ。このまま、もう少し……。誰にも黙っててあげるから、どうせだったら不能の旦那のかわりに、俺の……この若いチンポ、思う存分、ズブズブ突っ込まれてみませんか？」

彼はその場でズボンのジッパーを降ろすと、すぐに奥から肉棒をつかみだし、そこにすかさず沙千保の手を導いた。

彼の分身はもう、極太バイブほどではないが、カリ先から根元まで十分に血流を注ぎ込み、怖いほど節くれ勃っている。

「はぁあ、す、すっご〜い……あああン、こ、こんな……たくましい……オチンチン……はぁああン、す、すっご〜い……」

沙千保は、さすがに慣れた手付きで修一の剛直を熱心にまさぐる。くびれに沿って指を這わせられると、今度は彼の口から「おおッ」と声が漏れてしまう。

修一はせわしげに彼女のブラウスの前ボタンをはずし、ブラもずり上げると、目の前に出現した、これまたボリューム満点の柔肉を揉《も》みしだいてやる。

「ひぃぃぃ〜ッ、あああン、そ、そんなこと……されちゃう……と………」

沙千保の指戯が玉袋にまで及び、それはもう彼女の気持ちの表れにほかならなかった。

オノレの劣情も次第にヒートアップして行くなかで、もう一息と思い、修一は左右のツンと突き出た濃紅色の乳首を、順に前歯でぎりぎり……と噛んでやった。

「そ、それぇ〜………はぁぁぁ〜ン、く、くるぅ〜、ホ、ホントに…………主人には……内緒にして……くれるぅ？」

「もちろんですよ。じゃ、交渉成立だネ？」

「ふぅン、あ、……あなたの……ぶっといので、わ………私のオマンコ…………めちゃくちゃにしてぇ〜!!」

沙千保はそう言うなり、修一の肉棒を激しく数度、しごきたてたのだ。

——場所を移動し、校長室のど真ん中で、彼は沙千保を四つん這いにさせ、臀部《でんぶ》だけを出来るだけ高く突き出させた。バックから一気に貫くと、彼女は、とても教養あふれる女性が発したとは思えない、獣じみた嬌声を上げるのだ。

「せ、先生の旦那……うぅうッ、おおお〜ッ、そ、……そんなに、ＳＥＸがダメなのかよ？　もうどのくらい、してないんだ？」

じんわりと膣の奥の方から締めつけてくる感覚に、修一もさかんにうめきながら、言葉でも沙千保を責める。

「はぁン、はぁン、はぁン、……さ、三カ月くらい……」

「えー、三カ月だと？　たったそれぐらいでもうギブアップとは、先生って、めちゃくちゃ淫乱《いんらん》でドスケベな女なんだな？」

がっつんがっつん、修一は腰をぶつけまくる。

「ひぃぃぃぃ〜ッ、それぇ、たまらな〜い…………そ、そうなのぉ〜、私…………淫乱な女……なんですぅ…………」

「毎日、ぶっといチンポでオマンコを突かれまくらないと、欲求不満で死ぬんだろ？」

「そ、そう………ぶ、ぶっとい……オチンチン…………はぁあああン、好きィ〜!!」

「俺のと旦那のと、どっちが好きなんだ？」

「あンあンあン、……………あ、あなたの……ぶっといの…………イ、イイ〜ン!!」

「先生がその気なら、俺…………いつだってこのぶっといチンポ、先生が飽きるまで、思う存分、ぶちこんでやるぜ」

言うなり、沙千保の腰を両脇から支えると、八の字を描くようにイチモツを抽送させる。

「ひゃぁああ～ッ、あン、あン、き、気持ち良すぎてぇ～、おかしくなっちゃう～ッ!!」

さらに突きの加減を、〈強強弱〉〈強強弱〉……と変化をつけて、子宮口までぶち当てる勢いで猛烈なピストンを繰り出す。

「――――――――!? はッ、イ、……イクイクぅ～!! あああ～ン、イッちゃ～う!!」

沙千保は、四つん這いのまま、突如、大きく弓なりに背中をのけぞらせた。ヒクッ、ヒクヒクヒク……と全身をわななかせ、気を遣った。

修一は修一で、先ほどからずっと吐精の兆候を我慢してきたが、もうそれも限界だ。

「う、うううぅッ、…………で、出るぅ」

なおも沙千保の膣内の、温もりと締めつけを感じていたい想いを振り切って、如意棒を抜き取った。切っ先から恥毛まで、彼女の粘っこいジュースをまとわりつかせた胴体に手をあてがい、そのまま沙千保の臀部に放出したのだ。

途端に、部屋に充満していた催淫ハーブの香りに、いかにも鼻にツンとくる、精液特有の青臭さがトッピングする。

「先生には、ハーブよりこっちの方がお似合いだネ？」

修一がけだるい口調で言うと、沙千保は返事がわりのつもりか、ザーメンだらけの尻肉《しりにく》を、ぷるぷる～ンと揺すったのだった。

第五章　支配と隷属

昼休みになって、かなり朦朧《もうろう》とした意識ではあるが、オノレの欲望を果たした充実感を噛《か》みしめながら、修一は校長室をあとにした。

廊下に出て大きな生あくびをすると、涙で潤んだ視界が奇妙にゆがんで見えた。

その——真ん中あたりで、誰《だれ》かが「おいでおいで」しているのだった。

よく目をこらすと、学年主任の望月《もちづき》だ。

(チッ、よりによってこんな時に……。会いたくねぇ野郎のお出ましだぜ)

急に現実に引き戻された気がして、内心、面白くない。

が、無視するわけにもいかず、仕方なく望月のそばまで歩み寄ると、

「なんっすか？　俺《おれ》、いま忙しいんですけど」

「バカ、忙しいってツラか。そんなことよりお前……旧校舎にある、生徒会が前に使ってた執行室ってわかるな？　今日の放課後な、あそこ行って、まだ残ってる書類の整理をしてきてくれ。頼むな」

それだけ告げると、修一の肩をポンとひとつ叩《たた》き、さっさと立ち去ろうとする。

「ちょ、ちょっと待って下さいよ。なんで、そんなこと、俺が……？　誰か、生徒会の連中にでも頼めばイイじゃないですか？」

望月は足を止めず、こちらも振り向かず、

「それがみんな手一杯なんだよ。いま全校でヒマなのはお前だけだ。たはははは……。

頼んだぞ。俺はお前に期待しててんだからな、たはははは……」

高らかな笑い声が、ふてくされた気分の修一の耳に、嫌というほど突き刺さった。

◇　◇　◇

――が、イヤイヤだったがいざ片づけをしてみると、ひとつだけ興味深いモノが見つかった。ほこりだらけの段ボールのなかに一本のビデオテープがまぎれていたのだ。

ラベルが貼《は》ってあって『Ｋ・Ｉ』と記されている。

べつにさほどの興味でもなかったが、なぜか急にこのテープの中身が知りたくなって、修一は片づけを適当に済ませると、視聴覚室に直行した。

運良くドアの鍵《かぎ》はかかっていなかった。一番目立たない席に陣取り、ビデオをセットして音はヘッドフォンで聞いてみると、本校の女生徒らしき少女が、おなじく本校の男子生徒らしき男ども三人に、かわるがわるレイプされていたのである。

「な、なんじゃあー、このテープは⁉」

修一は思わず立ち上がって絶叫し、画面に釘付《くぎづ》けになってしまった。

ところどころ映像も音も不鮮明な箇所もあるのだが、修一は、テープを見始めた時にすぐ、「あー、この子⁉」と思った。切れ長の目、気位の高そうなつんと尖《とが》った鼻、それにひきかえ、いかにも薄幸そうで淋《さみ》しげな口許《くちもと》……。顎《あご》がややしゃくれ上がっているのも、修一の知っている人物にそっくりだった。

イニシャルが『K・I』――KYOUNO・ITOU。これは、高校時代の伊東京乃の、哀《あわ》れな姿だった。彼女は、弓ヶ浦学園の出身だったのだ。

彼女が、生徒会の書記に就任したばかりの頃《ころ》の映像らしく、会長の男子生徒ほか三人に、生徒会執行室で犯されていた。その〈証拠テープ〉というわけだろう。

（ふぅー、……しかし参ったネ。世の中には俺並みに悪いヤツっているもんだなぁ）

修一はテープをすべて見終わると、溜《た》め息《いき》とともに自嘲《じちょう》気味に笑った。

（こりゃ、なんだか予想もしなかった面白い展開になりそうだぜ）

◇　◇　◇

怒張をみなぎらせたまま、修一は美術室に向かった。

午前中にあれだけ精力を使い果たしたはずなのに、京乃のビデオに刺激されたのか、またまた激しく久美子の口や淫裂《いんれつ》にイチモツをぶちこみたい衝動に駆られていた。

この常軌を逸したすさまじいSEXへの貪欲《どんよく》さもまた、仲田家伝来の『忌《い》まわしい血』ということになるのか？

――この日は、ある趣向を凝らしていた。

いままでは修一の分身に悦《よ》がらせられることに、みずからもエクスタシーをおぼえるようになった久美子は、ほぼSEXに関して、修一の望む行為をすべてクリアしている。

それを踏まえたうえでの、ちょっとした〈余興〉というわけである。

なにもご存じない久美子は、美術室に入ってくるなり、怒張をあらわにしてみずからしごき勃《た》てている修一を前に、「はぁああン」と甘い吐息を漏らした。そしてとろけたような視線を彼のイチモツに向けながら、自分で服と下着を脱いで素っ裸になった。

すでにパンティーの合わせ目部分には、粘っこい果汁がねっとりとこびりつき、久美子の太腿《ふともも》にまでツツツーッと垂《た》れているほどだ。

「俺にハメられたくて、こんなにオマンコが嬉《うれ》しがってるのかよ？　ククククク……俺のチンポもこんなに喜んでるぜ。今日はそのお前の胸で、パイズリしてもらおうかな」

「……………」

久美子は無言で修一の前にひざまずくと、その豊満なふたつの柔肉の谷間に、修一の怒張をうまくはさみ入れた。そのまま彼女自身が乳房を支えつつ、上下に揺すると、彼の肉棒の包皮がめくれ上がり、赤黒いカリ先が見え隠れする。

「う、……そ、そのまま、お前のオッパイからはみ出したチンポの先を、舌を伸ばしてしゃぶってくれ」

「……はあぁ……………ぺチョッ……………ぺチョチョ…………チュプゥ…………」

久美子はやや背中を丸めるような恰好《かっこう》で、さかんにイヤラシイ音をたてて、彼の分身に舌を這《は》わす。時折、唇をすぼめて、やや白く泡立った唾液《だえき》を吐き……それを潤滑油がわりにして乳房の動きをスムースにする。

「おおぉ、……イ、イイッ………巧《うま》くなったじゃないか、久美子……。さすが、学校の先生だぜ。上達が早くってイイや。このくらい俺を気持ちよくさせないと、やっぱ、教師にはなれねぇよな？　ククククク……」

じつは——そのふたりの光景を、美術室の掃除用具入れに隠れて覗《のぞ》いている女がいた。梢子だった。いや、あらかじめ久美子がここにくる前に、そうしておくようにと、修一が彼女に命令したのだった。

修一の笑い声は当然、掃除用具入れに隠れた梢子にも聞こえている。いや、そればかりか、久美子のパイズリがじつによく見えるように、修一は体の向きを調節しているのだ。

「はぁああ…………あああン………あああッ………」

梢子は我慢出来ずに、ひとりで秘処を指でいじくりだしていた。声をこらえようこらえようとすればするほど、なぜかよけいに愉悦が高まってきて、彼女は、すでにパンティーを脱ぎ捨て、右手の五本の指、すべてを蜜壺《みつつぼ》に突っ込んでいたのだ。

修一はそれを予想しつつ、

「なぁ、久美子……。そういえばお前の部屋に、梢子とかいう教生が寝泊まりしてるんだよな？　あの子、俺とお前がこんなスケベな間柄だって知ったら、どう思うかな？」

「ああ～ン、しゅ、修一ク～ン…………い、いま、彼女のことは……言わないでぇ～」

「なんで？」

「なんでって、……………恥ずかしいじゃないの、そんなの……」

「じゃあ、彼女も一緒にスケべな間柄になっちゃえばイイんだな？」

「ふぅぅン………そ、それ…………どういう……意味？」

久美子はあえぎあえぎ小首を傾《かし》げる。

「ま、ちょっと待ってろよ」

修一はいったん久美子の裸体から離れると、まっすぐに掃除用具入れのあるところへ向かう。怪訝《けげん》な表情の久美子は、胸やら腹やら、修一の先走り汁と自分の唾液でぬらぬらだ。

――いきなり観音開きの扉を開けた。

「待たせたな。おッ、ここのなか、お前のマン汁の匂《にお》いでむんむんしてるじゃねぇか？」

修一の言葉に、梢子は頬《ほお》を紅潮させた。

そして自分の淫裂に指を突っ込んだまま、ふらりと掃除用具入れから出てきた。

「あ、え……………しょ、梢子……チャン!?　どうして………こんな？」

久美子も秘処からぽたりぽたりと果汁をしたたらせつつ、驚愕《きょうがく》に口をぽかんと開ける。

「アホみてぇな顔してんなよ、久美子。見ての通り!!　どうせなら、三人一緒に愉《たの》しもうと思って……これでも、お前へのプレゼントのつもりなんだぜ。あっははは……」

「しょ、梢子チャン……あ、あなた……いつから……修……仲田クンと……？」

「え、…………あ…………」

梢子は返答に窮して、立ったままうつむいてしまう。

その彼女の、すでに濡れそぼる秘処——ではなくて、アヌスに、修一はずぶりと左手の人差し指を突き刺した。

「いつからだってイイじゃねぇかなぁ？」

右手で梢子の顎をもたげ、ディープキスを交わしたのだ。しばし互いの口内をむさぼりあった後、顔を離した修一は、口許をねっとりとテカらせながら、梢子に向かって、

「なぁ、久美子先輩のオマンコを、たっぷり舐《な》めてやってくれよ」

「…………………はい」

「ちょ、ちょっと待って!!　修一クン、そ、そんなぁ、……………ダメよ、そんなの……」

久美子はあわてて拒絶するが、梢子はあくまで修一に従順に、久美子に近寄って行き、

「く、久美子先輩、……私に…………舐めさせて下さい。先輩の……オマン……コ」

「――――梢子チャン⁉」

間もなく、デッサン実習で使う大きなビロードの布を床に敷き、その上にあおむけに横たわる久美子の秘処に、太腿を押《お》し拡《ひろ》げつつ梢子は顔をうずめてしまう。

「やぁあああン、あッ、しょ、梢子チャ〜〜、はぁああッ、き、気持ち……イイ………」

久美子の甘ったるい嬌声と、梢子の舌が発する粘着音をWで聞きながら、修一は興奮の絶頂にあった。

「そろそろ決めてやるか。ふたりとも、俺の方にケツを突きだして並べ」

視線の定まらない状態の久美子と、瞳《ひとみ》が充血している梢子が、命じられた通りに四つん這いになって臀部《でんぶ》を突きだした。修一はまず久美子、そして梢子……と怒張をバックから挿入《そうにゅう》し、さらに数十ピストンごとに交互に抜き差しを繰り返す。

「ひゃぁああ〜ン、しゅ、修一クゥ〜ン、ああン、あンあン、き………ちゃう〜ッ!!」

「ひぃいいいい〜ッ、ヤぁああああン、か、感じちゃいますぅ〜!!　はぁああああン!!」

久美子と梢子の、トーンの違う愉悦の雄叫《おたけ》びが教室じゅうに反響する。

「ううッ、よ、よし……そろそろフィニッシュだ。お前らふたりの顔にぶちまけるぞ」

修一はいったん分身を秘処から抜き取り、ふたりの反対側に回ると、

「両方から俺のチンポをしゃぶるんだ」

みずから胴体をしごきながら、ふたりの顔の、ちょうど間あたりに突き出すと、両脇《りょうわき》か

ら真っ赤にぬめった舌が伸びてくる。カリのくびれあたりをちろちろと舐めやる程度だが、シチュエーションの破廉恥《はれんち》さが、彼の愉悦を百二十パーセント高めていた。

「――――ううぅッ、で…………出るぅ!!」

ドビュビュビュ、ドビュ、ドビュビュ……。

尿道口からホットミルクが噴射し、たちまちふたりの顔は、精液臭い濡れネズミと化した。がっくりと、憔悴《しょうすい》しきった二匹の牝獣《めじゅう》が、抱き合うような恰好で崩れ落ちた。

その姿を眺め下ろしつつ、修一はなおも収まりきらぬ欲望に身悶《みもだ》えるのだった。

(ッたく…………今日の俺は、これだけヤリまくっても、まだまだ満足しきれないらしいぜ。どうなっちゃってんだ、おめぇは?)

出しても出しても、またむくむくとそそり勃つ愚息を、呆《あき》れた視線で眺め下ろしているうちに、思わず苦笑してしまった。

（校長室に充満してた、あのハーブが俺にも効《き》いてるのかもしれない……。いや、あのビデオテープだ!!　あの女のせいだ!!　やっぱ、今日の俺はどうしても、あいつと決着をつけてからじゃないと帰る気がしないぜ）

修一の脳裏に、京乃の〈いま〉の取り澄ました顔と、〈過去〉の無惨な凌辱《りょうじょく》シーンが奇妙に交差し、いてもたってもいられないのだ。

（伊東先生よ………あんた、あの〈証拠テープ〉を見せられても、まだ『私には関係のないことです』とかなんとか、ほざいてられるかよ？　ククククク……ま、お手並み拝見と行きましょうか。ククククク……）

◇　　◇　　◇

もしかして――と思って屋上に行くと、京乃が夕陽をただ黙って眺めていた。

この前とほぼおなじ場所から、ほぼおなじ景色を眺めているのだ。修一にとっては、まるで興味の湧《わ》かない、つまらない田舎町の風景を……。

「なぁ先生、あんたがこうやって、屋上からぼんやり眺めてるのってさ、もしかして、現実逃避っていうヤツかい？」

京乃の斜めうしろに立ち、修一が訊《き》いた。彼女は一瞬だけ、「ン？」という表情で振り返ると、すぐにフェンスの向こうに視線を戻した。

「もう、………関係ないはずですけど」

ぽつりと言った。あいかわらず感情のまるでこもらない口調だ。

「状況というのは、日々、刻々と変わるもんでネ。ま、……さすがのあんたも、すぐにその意味に気付くはずさ。とりあえず視聴覚室まで、俺と一緒に来てくれないかな？」

「なぜ、私がそんなところに？」

「だから理由は、一緒に来てくれればすぐわかるよ。ヒントはビデオテープさ」

「――――!?」

一瞬、京乃の横顔がひくついた……ように修一には見えた。

「俺がたまたま旧校舎の生徒会執行室で、そのテープを見つけた。――こう言えば、わかってもらえるかな」

「…………」

京乃はなにも喋《しゃべ》らない。でも、自分からきびすを返すと、修一より先に、屋上の出入り口の扉に向かったのだ。修一は含み笑いを浮かべつつ、そのあとに続いた。

途中で逃げるチャンスはいくらでもあったはずである。なのに京乃は、まっすぐに視聴覚室へ……それも、ひたすら修一より前を歩いてやってきた。

教室に入るなり、「私はどの席に座ればイイですか？」

はじめて京乃が口を開いたと思えば、これだった。修一は、いろいろぶつけてみたい言葉もあったが、ここはあえてそのあたりには触れずに、自分の鞄《かばん》のなかから〈証拠テープ〉

を取りだした。

「どこでもお好きな席へどうぞ。どうせ、俺がこの……テープを、メインのビデオ機にセットすれば、すべての席のディスプレイで鑑賞出来るわけだから」

京乃は黙ったまま、真ん中の前から四番目の席に座った。修一は、教室の左前方に位置する、この部屋のＯＡ機器の操作を一手に引き受けるコントロールＢＯＸに向かい、持っているテープをセットしたのだ。

それぞれの机に備え付けの、十七インチほどの液晶画面すべてから、一斉に淫《みだ》らがましい映像が流れだした。男子生徒三人による集団レイプシーン。十七歳当時の京乃が、身ぐるみはがされた状態で、ただただ陰惨なプレイの犠牲《ぎせい》になっている。

「………あ………うぅ………」

「毎日犯してやるぞ。毎日撮影してやる。生徒会の関係者はほかにも大勢いるからな。毎日いろんなヤツのいろんなチンポが味わえるんだ。良かったなぁ、ぐっひひひひ……」

「ああ………………あふ………」

「書記、就任おめでとう、伊東さん。これからも俺たち執行部と仲良く愉しみましょうネ。ぐっひひひひ……ぐっひひひひ……」

「お………お願……い……もう……許してぇ………た、助け………てぇ……」

「ぐっひひひひ……ぐっひひひひ……」

野郎どもの、いかにも下劣きわまりない笑い声と、痛々しげな少女の泣きじゃくる声が、教室じゅうに響き渡る。

「わかりました。テープを止めて下さい」

京乃は言った。それはまさしく少女の声質と一緒だが——、十年の間に、すっかり喜怒哀楽が削《そ》ぎ落《お》とされてしまっていた。

自分の〈過去〉を他人にこのような形でさらけ出されても、内心はともかく、表情にも台詞《せりふ》にもほとんど動揺がうかがえないのは、おみごとと言うより、やはり異常だ。

修一は正直、うすら寒さをおぼえつつ、ビデオのスイッチを切った。

同時にパッと映像が消え、気色悪い静寂だけが流れる。

ふたたび口火を切ったのは、修一だった。

「俺は考えたんだよ。どうしてこの女は、わざわざ嫌な思い出のあるこの高校に、ずっといるんだろう……って。普通なら、どこかに引っ越すとか離れるとかするぜ。それが、あんたは教師になってまで、この学校にかかわり続けている。おかしな話じゃないか？」

「…………」

「つまりこの女——伊東先生はだよ、もしかしてこのビデオテープに映ってるような〈状況〉を、本当は心のどこかで、いまでも望んでいるんじゃないかと思ったわけさ」

「断じて違います」

「いや……この間、TV番組でやってたんだけど、あるタイプの人間はネ、先生……。死ぬか生きるかという衝撃的な事件に遭遇して、その時は『もう二度とこんなこと!!』って思ったはずなのに、月日が流れ……なにも事件の起こらない幸せな生活ばかりが続くと、おかしなもので、ふと矛盾した感情が心の奥底に芽生えるんだってさ。『こんな刺激のない毎日なら、いっそ、あの体験をもう一度!!』って……。精神医学の世界じゃ、そんなデータはけっして珍しくもないらしいよ。もしかして……あんたもそのクチかと思ってネ」

「たとえデータはそうだとしても、私は断じて違います」

修一はニヤリと下卑《げび》た笑みを浮かべ、一歩、また一歩と京乃の席に近づいて行きながら、

「ま、それはこれから俺が調べてみれば、すぐにわかること………なんだけど、さ」

おもむろにズボンのジッパーを下ろした。奥に手を突っ込むと、すでに半勃ち状態のまま、所在なげに鎌首を揺らめかせていた分身を、つかみだしたのだ。

「なんの真似《まね》です？」

「最後まで言わなきゃわからないか？」

修一は意味ありげに、怒張をみずから上下にしごいて見せる。

みるみる海綿体は硬直を強めて行く。

「あんたが、屋上でぼーっと景色を眺めてるのは、ごく当たり前の毎日に退屈してるからだろ？　なのに自分からはなにひとつ、動こうとしない。ああして屋上でじっと待ち続け

てれば、誰かがそのうち…………刺激的な〈なにか〉を見つけてきてくれるだろうって信じてでもいるように……」

「勝手な推理は迷惑なだけです」

「ほぉ、そんなこと、俺に言っちゃってイイのかよ？　せっかくこの俺が、あんたにとっちゃ久し振りに刺激的なプレイを見つけてきてやったのにさ。ククク……」

邪心たっぷりの視線で京乃を見つめる修一の――股間《こかん》では、すでに臨戦態勢のイチモツが仁王立ちしている。京乃はわざと斜めの方に体を向け、無視する風を装ってはいるが、時折、視線がちらちらと泳ぐのを彼は見逃さなかった。

「あ、あなたは…………もう、私には近づかないと約束しましたよネ？」

「ああ約束した。あの時点でのバーター取り引きでは、たしかにネ。でも状況が変わった。俺の持ちゴマが増えた。しかも俺がわざわざ増やしたわけじゃなく、あんた自身の〈過去〉が、俺におのずと状況の好転をもたらしたわけだ。いわばタナボタっつーかな？」

「詭弁《きべん》です、そんなの」

ようやく京乃は修一の目を見て話した。でもこの期《ご》に及んで、彼女の表情に変化はない。

「詭弁でもなんでも、状況が変わった。これは事実だよ。あんたの〈過去〉も事実だ。ふたりで交わした約束が果たされないのは、俺のせいじゃないと思うけどネ？」

京乃はしばし考えていた。

しかし、やがて椅子《いす》からゆっくり立ち上がると、なにを思ったのか、無言で修一の前に立ち、瞳にかすかな逡巡《しゅんじゅん》の色を見せながら、ゆっくりと両膝《りょうひざ》を折った。

「ほぉー、ようやく伊東先生も、その気になってくれたかい？」

微笑《ほほえ》みながら言うと、

「勘違いしないで下さい。状況の変化に対応しているだけですから」

「ふ〜ン、………ま、俺はどっちでもイイさ。気持ち良けりゃあ、な」

あっははははは……笑い飛ばしてみたが、京乃がつられるはずもない。修一の股間の高さに顔を移動させ、やや間を置いてゆっくりと手を伸ばした。

いまの彼の愚息の状態は、赤黒いカリの膨《ふく》らみから根元まで、淫汁焼《いんじゅうや》けしてぎっとぎとに淫らがましい光沢を放っている。おまけに便所の匂いとしか言いようがないほどの猛烈な性臭がまき散らされていて、修一自身も鼻をつまみたいほどである。

無理もない、今日一日だけで、沙千保、久美子、梢子と三人の女の、それぞれ味も匂いも異なる蜜壺に、何時間もかけてたっぷりと漬《つ》かった肉棒なのだから……。

シャワーを浴びていないので仕方ないのだが、その不潔きわまりないイチモツを、京乃は表情ひとつ変えず、両手で支え持つのだった。

そしてごく自然な仕種《しぐさ》で口のなかに含み、ゆっくりと上下に抽送《ちゅうそう》を加えだしたのだ。

「お、ううぅ………し、しかし、どうでもイイけど、こんなクセェーの、よくしゃぶれるな？　そんなに、あのビデオテープのことを、俺に知られたのが怖《こわ》いか？」

「…………」

「おおーっと、そこ…………そこ、効くぅー!!　ううぅッ、あ、あんた……すんげぇーフェラチオ、うめぇじゃんか？　これも…………やっぱり、あれか？　生徒会の鬼畜野郎どもに、さんざん鍛《きた》えられたっつー……？」

「…………」

京乃の舌遣いは見事すぎた。彼女の口のなかで、修一の鎌首のくびれに舌の先を這わせ、れろれろ……と擦《こす》っておいて、舌の腹全体で鎌首を包み込むように、強弱をつけて吸引してくるのだ。また唾液の分泌《ぶんぴつ》がすこぶる良いらしく、人肌の天然ローションに漬かる感触だけでも、つい、「ううッ!!」となってしまう。

チュプッ…………ブジュチュチュ……チュププゥ……。

エロティックな唾音が響き、京乃の口の端から透明なヨダレがだらしなく垂れ落ちて行く光景は、最高に劣情をそそらせるネタになるはずが、どうも勝手が違う。

それに、これだけの舌戯のテクニックで攻められれば、普通はもっと愉悦が高まるのに、不思議とどこか意識の一部が醒《さ》めてしまうのは——京乃に〈感情〉がないからだ。

修一がどんなにうめいても、彼女はただ機械的にフェラチオという行為に集中するだけで、あとはなにもない。

（チッ、調子狂っちゃうぜ。すごく気持ちイイのに、なんか……面白くねぇや。やっぱ、こいつぅ、正真正銘のロボットだぜ）

もしかして本番ＳＥＸともなれば、もう少し、取り乱した状態の京乃が見られるのではないか、と修一はあることを思いついた。

京乃を白衣一枚にして、服も下着もすべて脱がした後、机の上に〈大の字〉に横たえた。

「あんたはさっき、『状況の変化に対応しているだけ』なんてぬかしたな。その言葉が本当かどうか、いまから実験してみようと思ってネ。俺がいまからあんたのオマンコをいじりまくるけど、絶対に〈その気〉になんかなるんじゃねぇぞ。………いいな？」

彼は言うなり、京乃の秘処の表面を掌《てのひら》で撫《な》でつけた。驚いたことに、何分も男の性器を触り、しゃぶったにもかかわらず、彼女のそこはまだほとんど潤んでいなかった。

薄桃色の花弁はきちんと閉じており、ビラビラも少しもはみ出ていない。

修一がムチッと音をさせて、人差し指と中指の二本を淫裂のあわいにめり込ませると、京乃は眉間《みけん》にシワを寄せて、ぴくんと背中をわななかせた。

「感じてるんだろ？　無理すんなよ。それとも、集団レイプされたことがトラウマになって、不感症にでもなっちゃったのか？」

膣《ちつ》の内側で、秘襞《ひへき》に沿って指の腹を動かしてやると、さすがに首をイヤイヤしながら吐息らしきモノを漏らしだす。――と、さほどの量ではないが、さらさらした感じの果汁がこぼれだし、修一の指にもまとわりつきだした。

「こんなことされても……声を出さずにいられるかよ？」

修一は指のかわりに自分の唇を押しつけた。もわ～と彼女の体臭とおなじ、そこはかとなく深緑の香りが修一の鼻孔《びこう》をくすぐるが、いわゆる牝《めす》特有の秘肉臭さはしなかった。

思いっきり、じゅるじゅる～と淫汁をすすり上げる。

京乃の眉間のシワがより深く刻まれて、

「ふ……………うぅ……………………あッ…………」

「我慢するんじゃねぇよ。気持ち良けりゃ、わめき散らせばイイだけのことだろうが？」

舌をとがらせて、淫裂の奥へと無理やり押し込んでやる。

膣襞のザラザラした感触を舌腹でとらえつつ、あわせて先端のクリトリスを指でつまむ。

たしかに京乃は苦悶《くもん》の表情で、首を右や左に動かして耐えるが、声は「は、ああ………

………あぅぅぅ、…………はぁあ…………」でしかない。

「もう………イイでしょ？　早く………するならしちゃって………下さ……い」

荒い呼吸で京乃がそう言ってきた。修一が舌と指で淫裂をなぶっている最中に――である。なんだかすっかり馬鹿《ばか》らしくなってきて、

「わかったよ。だったら早くケツを突き出せよ!!　ほら早く!!　もたもたすんじゃねぇ!!」

彼は無性にいらだちをつのらせ、命じられた通りに犬這いの恰好で臀部をもたげてくる

京乃の尻肉《しりにく》を、平手で二度、三度、ひっぱたいた。

右と左に一つずつ手形がつくほど叩いても、彼女は歯を食いしばって耐えるだけだ。

修一はそばにあった椅子に載ると、肉棒を京乃の局部に導くようにして、そのど真ん中を一気に貫いた。そのまま臀部をしっかりつかんで腰をぐいぐいっと突いてやる。

「――――!!　あ、ううぅッ、……………キ、……キツぅ～!!」

先におかしな声を上げたのは、修一の方だった。京乃の膣のなかは、あまりに締めつけが強烈で、おまけにどんな女性とまぐわった時より、熱く感じるのだ。

（あ、あんたのオマンコ…………な、なんでこんなに…………火傷《やけど》するほど熱いんだ？）

そう訊きたかったが、言葉にならない。言葉のかわりに、がむしゃらに乱暴な抽送を加え、恥骨を音が出るほどぶつけまくった。もう技巧もへったくれもない。

「はぁあッ!!　はぁあッ!!　はぁあッ!!　く、…………くる、くる、くるぅー!!」

ぎりぎりまでねばり、やっとの思いで引き抜くと――、京乃の髪の毛をわしづかんでは、彼女の頭を引き寄せ、半開きの口のなかに無理やり突っ込んだのだ。

「ぜ、…………全部…………飲み干せ…………よ……」

二度の大きな波と、数度の細かい波を立て続けに京乃の口内にぶちまけた。

「う……っぷ…………うぐぅ……」

彼女は息苦しそうに顔をゆがませつつ、唇を真一文字に閉じたまま、修一の言いつけ通りに喉《のど》を鳴らして嚥下……したようだった。

「最高だったよ。……こんなに俺ひとりで盛り上がるのも珍しいぜ」

行為の後、修一は皮肉たっぷりに言った。衣服をととのえ終えた京乃は、彼をちらりと見やった。感情のこもらないはずの左右の瞳に、かすかな疑問が浮かんでいる。

「知ってて私を抱いたんでしょ？」

つぶやくように言った瞬間、口内にまだ残っていた樹液が、どろりと唇から垂れた。

エロティックな光景というよりも、むしろホラーに近い、と修一は思った。

「あんたにフェラされてる時、前歯で噛み切られやしないかって、ヒヤヒヤしてたぜ」

無理して笑顔を作り、言った。

「そんなことをすれば、あなたとよけいな関係が出来てしまう。学校内で、トラブルはもうたくさんです。……非常勤ですから、私」

顎を白い粘液で汚したまま、淡々と語る京乃を前に、修一はこれ以上、ツーショットでこの教室に長居する気になれなかった。

たしかにフェラの舌さばきは絶品だ。アソコの締まりもイイ。なのに、誰とFUCKしたときにも感じる、ある種の征服感や高揚感《こうようかん》が、笑いたくなるほど——ない。

こんなことなら、わざわざ危険を冒してまで抱かなければ良かったとさえ思った。

〈俺のSEX衝動はたしかに〈忌まわしい血族〉の血を引いて、鬼畜そのものなのかもしれ

ない。でも、俺はただ一方的に、暴力をふるってまで女をテゴメにする趣味はない。そんなのは頭の悪いヤツがのめり込む、愚かなサディズムだ。俺は違う!! 俺は、たとえ倒錯した関係であっても、この俺を必要とする女にだけ欲情するんだ。意識が人形同然の女とやるぐらいなら、ひとりでオナニーしてる方がまだましだ)

「またな。京乃先生……」

修一は、どこか憂鬱《ゆううつ》な気分を引きずりつつ視聴覚室を出た。

「またな」とは言ったが、もう金輪際《こんりんざい》、こちらから京乃を求めることはないだろう。向こうから求めてくれれば、話はまた別だが……。

「ふん、まさか、な」

修一はつまらなそうにつぶやいた。

第六章　淫悦の企み

それから二週間ほど、修一は久美子たちとの〈プレイ〉を、自主的に控えていた。ちょうど定期試験にぶつかったこともあったが、そんなことは彼にとってさしたる問題ではない。要は、しばらく〈間〉を置くことによって、彼女たちがどんな反応を見せてくれるか——それが知りたかったのだ。

修一のなかの邪淫《じゃいん》きわまりない欲望のなせる業《わざ》とはいえ、久美子はもちろん、梢子、沙千保のそれまでの日常をまったく無視し、あれだけ激しい行為に引きずり込んだのだから、当然、彼女たちの気持ちはとんでもなく乱れているはずである。

（あいつらにとって、この俺《おれ》が必要かどうかってことだな……）

身勝手な論理かもしれないが、どんなに好き勝手に相手を凌辱《りょうじょく》しても、その行為によって、彼女たちが少しも心が動かされないのだとしたら、正直、…………虚《むな》しい。

怒りでも恨みでも哀《かな》しみでも、感情をこちらにぶつけてくれるからこそ、修一も劣情がそそるのだ。またそこにオノレの必要性も感じる。

やはり、京乃を犯してしまった〈後遺症〉が、尾を引いているのだろう。フェラチオをやらせれば飛び抜けて巧《うま》い。膣《ちつ》の締まりも抜群。——でも、それだけ。その行為には、これっぽっちだって彼女の気持ちはこめられていないし、いや、そんなものを期待すること自体が無意味なのだろう。

久美子、梢子、沙千保の三人が、はたしてその喜怒哀楽を通じて、修一を必要とするのかしないのか？　二週間だけ、彼の方からはあえてモーションをかけなかった。

もちろん校内で顔を合わすこともあったし、言葉も交わした。

が、それ以上の接触は、心を鬼にして絶った。三人が三人ともキツネにつままれたような表情をしていた。それを十分にわかったうえで、彼自身も淫《みだ》らがましい想《おも》いのすべてをオナニーにぶつけ、我慢に我慢を重ねて、彼女たちを泳がせていたわけである。

修行僧の断食にも似た、悶々とした日々を乗り越え、ふたたび邪心あふれる表情で、修一が校内をうろつきだした——昼休みのこと。

彼が食事を終えて校庭を散歩していると、植え込みの陰に隠れて、磯谷と久美子がなにやら話し込んでいるところにぶつかった。

久美子はどことなく困惑げで、対する磯谷はいらだってるように思えた。

(ふん、久し振りに一丁、かましてやるか)

修一はニヤリと笑い、すかさず近づいて行った。

「よ、久美子先生」

わざと気安い口調で、久美子の肩をポンと叩《たた》いた。

「あ、え、………しゅ……いえ、……あ………な、仲田クン!?」

久美子はハッとして振り返り、より一層、困惑の色をあらわにした。

「なんだ、貴様、あっち行ってろ。いま俺はだな、沢田先生と大事な話をしてるんだぞ」

憎々しげな視線を向けてくる磯谷を、修一は完全に無視し、わざと久美子だけに親しげに話しかける。

「あ、そういえば、また例のモデル、頼むよ、先生。試験やなんやかんやで、二週間も休んでたから、早く続きの絵を描きたくて、なんかこう……むらむらしちゃっててネ」

言ってすぐに久美子の反応をうかがう。

「えー、あ、……そ、そう……あ、ありがと……。わ、私も…………早く続きが……」

彼女の頰《ほお》がさっと赤味がかった。

(そうかそうか、そんなにお前は、俺のチンポが恋しくってたまらないのかよ?)

この二週間がけっして無駄にならなかったことを知って、修一はホッとしたのと同時に、自分の方法論に間違いはなかったことを、あらためて認識した。

「この間のさ、…………アレ、ちょー最高だったなぁ、先生?」

「え? あ…………うん、そ、そうネ。私も…………おなじ気持ちよ」

「それ聞いて安心したよ、先生。俺たちウマが合うんだネ。やっぱ、アレがあると違うよなぁー。また、アレ、やってくれよ、久美子…………先生? アレのおかげで、俺の絵って、なんかこう……エネルギーがビンビンみたいな?」

「わ、わかったわ……。先生も、…………そう……嬉《うれ》しいって……言うか………」

久美子は修一の挑発に、すでにうつむき加減で息を荒くしている。

「お、おい、仲田ぁーッ!!　ききき、貴様ぁ、いまは俺が、この沢田先生と——!?」

磯谷の声が怒りにひっくり返る。

「あれぇ〜？　磯谷先生じゃないですか。こんなとこにいたんですか。こりゃどうも」

わざとらしく磯谷に、深々と頭を下げる。

「ききき、貴様、さっきから俺が——」

「へぇー、そうだったんですか？　失礼いたしました。で、なにか深刻なお話でも？」

いかにもかしこまった表情を作っては、「でも磯谷先生……、かりにも若い男女なんですから、少しは慎んだ方がよろしいんじゃありません？　ここは学校のなかですし」

「な、なにをぉー!?」

「じゃ久美子先生、またネ」

軽くウインクをして修一は去って行った。

磯谷は、煮えたぎるような目で修一を睨《にら》みつけながら、

「く、久美子さん、いったいアイツとは、どどどど、どういう——!?」

嫉妬《しっと》に燃え狂った磯谷の声が、修一の背中の方で聞こえた。

(ククク……ホント、みっともねぇ糞《くそ》野郎だぜ)

こみ上げてくる嘲笑《ちょうしょう》をかみ殺しつつ、修一は教室へと戻って行った。

◇　◇　◇

放課後、修一は教員室のなかにいた。午後の最後の授業を途中で抜け出し、ほかの教師がいないすきを見計らって、久美子の机の下に潜り込んだのだ。

授業が終わり、ほかの教師に混ざって久美子も教員室に戻ってくる。彼女が椅子《いす》に座った瞬間、修一は机の下からいきなり手を伸ばし、スカートの内側をまさぐった。

「――――キャーッ!!」

思わず声を上げた久美子の視線と、修一の視線とがクロスする。修一は口の前に人差し指を一本立て、「し～」とささやいた。

「どうかしましたか、沢田先生？」

斜め隣の教師がいぶかしげに訊《き》いてくる。

「え？　いえ、……あ、……なんでもありません、虫が一匹、止まってまして……」

久美子はしどろもどろでごまかした。

そのうち磯谷らしき声の男が、

「どうですぅー、久美子さん？　この間、話してた食事の件？　今日、これからでも」

「い、いえ、……私は……それは……」

「またNGですか？　参ったなぁ……ここんとこの久美子さん、どうしちゃったんですか？　ちっとも僕の誘いに応《こた》えてくれないじゃないですか。イイでしょ、今夜、これから……？　べつに具合が悪いわけじゃあるまいし……」

嫌がる素振りの久美子を、磯谷は強引にデートに誘い出そうとする。

その会話を聞いてるうちに修一は腹立たしくなり、久美子のストッキングの上から、秘処のあたりを指先でぐいぐい押してやった。

「ッー……ン……はぁあ……」

久美子はいきなりの修一のフィンガー攻撃に、かすかにうめきつつ、机に突っ伏した。

「ど、どうかしたんですか？　かりにも婚約者とデートするのに、そんなに悩まなくちゃいけない問題なんですか？」

磯谷は困惑の表情で、問いただす。

が、いまの久美子はそれどころじゃない。修一の指が、ちょうどクリトリスの突起を強弱の振動をつけてまさぐってくるので、たちまちパンティーの濡れ染みがストッキングにまで浸透し、ぐっしょりの状態である。

「あ、あの……磯谷先生、きょ、今日は……本当に……ゴメン……なさい」

久美子が必死にそう言って謝るのだが、

「またですか、その言葉。今日はダメ、今日はダメって……。だんだん信じられなくなってきましたよ、あなたが。いったい、いつだったらダメじゃなくなるんです？」

磯谷もなかなかしつこい。

（てめぇが久美子と婚約してるっつー事実そのものが、俺には信じらんねぇんだよ。あっははははは……)

必死に笑いを噛《か》み殺《ころ》しながら修一は、自分の指にまでねっとりと絡みついてくる、久美子の糸を引くほど粘っこい淫汁《いんじゅう》を、ぺろりと舐《な》めてみた。

それはあきらかに二週間ほどご無沙汰していた、久美子の性器の味そのもので――、しかも今日は、いつになく酸味もえぐ味も濃厚だ。

修一はたまらなくなって、

(お〜い、久美子ぉ……そんなオモロくもなんともねぇ野郎、放っておいて、早く、しようぜ!! 久し振りに………お前のオマンコに、た〜っぷりぶちこんでやるからさ)

久美子のストッキングの、ちょうど股間《こかん》の部分を指で器用に引き裂き、その穴へ右手を突っ込むと、パンティーの脇《わき》からじかに淫裂《いんれつ》のあわいにまで指を潜らせてしまった。

「――――!!」

大声が出そうになるのを、久美子は必死に歯を食いしばって耐えてはみせたものの、どうにも気が気じゃない。

むちゅッ、むちゅちゅちゅちゅ……と、さかんに花弁が嬉しい悲鳴を上げ、その音が修一はもちろん、久美子にも聞こえ………ているようで、おかしな咳払《せきばら》いをしたり椅子を揺らしてみたりしてみるのがわかり、彼はおかしくて仕方がない。

(頑張ってるじゃないの、沢田センセ。でも、これはどうかねぇ? ククククク……)

修一はからかい半分で、秘処をいじくり回した指を、果蜜《かみつ》のとろみを利用して下へ下へと滑らせ、もうひとつの肉襞《にくひだ》の窪《くぼ》みにまでやってくると同時に、指を九十度、屈曲させてズブリと突き立てたのだ。

「ひぃぃぃぃぃ〜ン」

さすがに久美子もこらえきれず、半ベソをかいたような顔つきで絶叫してしまった。

教員室じゅうの視線が、一斉に磯谷に注がれた。

「え、わ、私？　誤解ですよ。い、いや……ははは……ななな、なんでもない。ちょ、ちょっと沢田先生に聞きたいことがあっただけでネ……。はははは……」

笑いでごまかすしかない磯谷。

修一はここぞとばかりに、さらに左手の指もフルに使って、久美子のGスポットとクリトリスも同時に攻めまくる。右手のアヌスと合わせれば、まさにトリプル攻撃だ。

「ひゃぁあン、…………ひぃー!!　ひぃー!!　ひぃぃぃぃぃ〜ッ!!」

彼女は時折、ぴくん、ぴくんと上半身を鋭くひくつかせ、頬をつたうほど涙を流して本格的に悦《よ》がり続けた。——が、この久美子の姿は、真横に立っている磯谷にも、周囲の教師たちにも、久美子が泣きじゃくっているようにしか見えない。

「だ、大丈夫……ですか。ぼ、僕が言い過ぎてしまったようです。ごめんなさい」

磯谷は焦った風に、急にそわそわしだして、

「あ、いけねぇ、そうだそうだ。ぼ、僕も今夜は急用があったんだ。はははは……ヤだなぁ、僕ったら、忘れてましたよ。ははは……またにしましょうや。久美子さんもなんだかネ、体調が………悪そうだし。じゃ、また……。はははははは」

照れ隠しに後頭部をかきかき、磯谷はそそくさと久美子のそばからいなくなった。

(ッたくよ、お前って野郎は、ホント、どうしようもなくみっともねぇ野郎だぜ!!)

修一は磯谷への憤りのすべてを、オノレの左右の手指にこめて、久美子の前の穴も後ろの穴もひときわ激しくいじりまくった。

「ンンン〜ッ…………あン、イ…………ク…………」

久美子は懸命に声をこらえながら、臀部《でんぶ》を中心に全身をわななかせ、潮まで噴いてしまった。真ん前で構える修一は、そのなまぬるいジュースを顔で受け止める結果

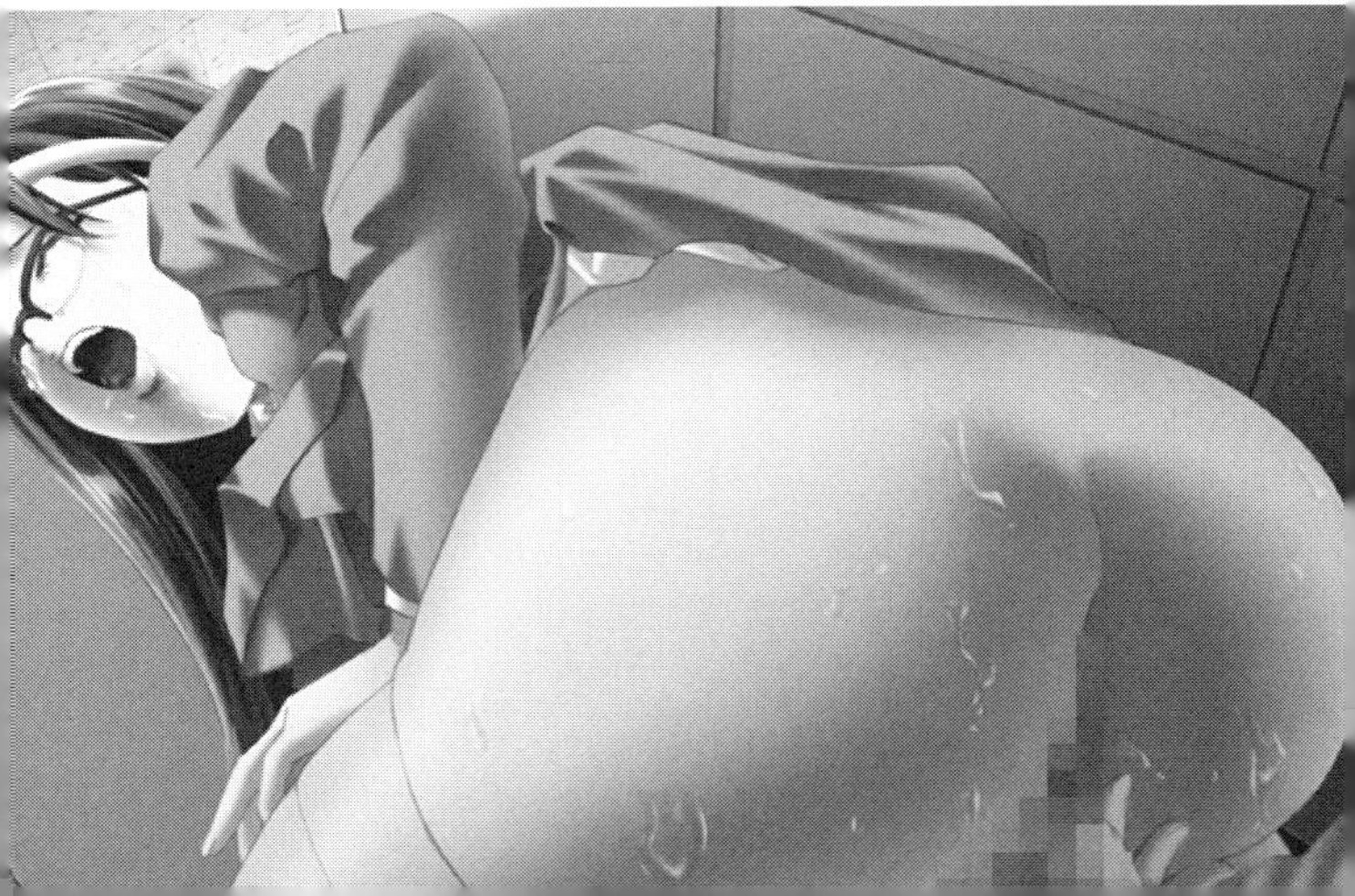

となった。

久美子の体が、期待していた以上に開発されて行くことには、もちろん嬉しい驚きもあるが——、しかし磯谷のことを想うと、途端に彼の心のなかは曇ってしまう。

彼はこれまで、自分と久美子との関係さえうまく行っていれば、磯谷と彼女がどうなろうと知ったことではないと、正直、そう思っていた。

が、次第に、いや、もっと言えばこの二週間のインターバルの間に、冷静に考えてみて……やはり磯谷とちゃんとケジメをつけない限り、修一自身の気持ちが収まらないことを悟るようになった。

(問題は、その時期…………か)

修一は、ハンカチで濡れた顔を拭《ふ》きながら、久美子の机の下で、やや真面目に磯谷の〈始末〉について想いを巡らせた。

◇　◇　◇

しばらくして久美子は、ふらふらと幽霊のように立ち上がると、教員室を出て行った。

修一も頃合《ころあ》いを見計らって、彼女の机のなかから脱出した。

廊下のはずれにある女子トイレに入って行く久美子を、早足で追いかけた。

なかに久美子以外は誰《だれ》もいないことを確認した後、彼女が一番奥の個室に入って扉を閉めようとしたその寸前、修一はドアを思いっきり蹴《け》って、強引になかに入ったのだ。

「しゅ、修……………チャン⁉　もう、ホント、あなたって……ヒトは」

久美子は顔をしかめ、思わず拳《こぶし》を振り上げて――、でも途中で脱力したように、修一に抱きついてきて、

「意地悪ばっかするんだからぁー。私……私……どうしてイイかわからなくなっちゃって、頭がヘンになりそうだったんだから」

修一はとりあえず彼女を受け止めるふりをし、優しく髪を撫《な》でつけているうちに、その髪を突如、左手でわしづかんでは、

「お前だけひとりでイッって、ひとりで潮を噴いて、それを俺の顔にぶっかけて、おまけに、教員室に俺だけ置いて逃げちまうなんて……。お前って、昔っから勝手な女だよな？」

「い、痛い…………修チャン、私が悪かったら謝るから、だから…………許してぇ」

「お前、磯谷にもそうやって、自分勝手に逃げたり謝ったりしてんのかよ？」

「えー、…………それは……」

「俺にオマンコをいじってもらえなかった二週間……どうせ、あの糞野郎とハメまくってたんだろ？　このドスケベ女が‼」

久美子の髪をやや力をこめて引っ張る。

「痛いッ、……や、やめて、乱暴なことは……。い、磯谷先生とはいまだに、そういうことはしてないわ。信じてぇ」

「ってことはだ、美術室で梢子と一緒に俺がぶちこんでやってから、一度も………ここに、ぶっといのを突っ込んでないんだな？」

修一は空いてる右手を久美子のスカートのなかに差し入れて、ふたたびパンティーの脇から淫裂に、五本の指すべてをねじ込んでやる。

「ひゃぁあああン……あうぅ、そ、そう……よ、修チャンの以外………一度だって……」

修一は、自分が見聞きした磯谷の言動からも、その言葉に嘘《うそ》はないに違いないと思った。

そのままパンティーを一気に剥《は》ぎ取《と》って、

「手マンチョはどうなんだ？　ああ？　オナニーも我慢してきたって言うんだな？」

「そ………………れ……は…………」

「俺のチンポが恋しくて恋しくて、つい、自分で自分のオマンコ、いじりまくったか？」

久美子は修一から顔をそむけたまま、かすかにうなずいたのだ。

「そうか、いつの間にかお前は、Hをしないと我慢できない体になっちゃったのか？　しようがねぇなぁ、この淫乱《いんらん》教師は？」

言いながら、久美子に壁に両手をつかせ、臀部を思いっきりもたげさせたうえで、立ったままバックから剛直を挿入《そうにゅう》した。

「ひぃぃいいぃぃ〜ッ、ああン、き……気持ち………イイ……ッ………」

「教員室でお前に悪戯《いたずら》してた時から、ずーっとビンビンのままだったからよ、お前の体できっちり、そのツケだけは払ってもらわねぇとな」

彼は手早く久美子のブラウスの前ボタンもはずすと、ブラまでずり下げて、たっぷんたっぷんと迫り出ている乳房を両手で揉《も》みしだきつつ、腰を突き上げる。——何度も何度も。

「はぁン、はぁン……しゅ、修チャ〜〜ン、く、くるぅー!! あン!! あン!! あン!!」

「ううッ、あああ………そ、そんなにイイか？ ああ？ 俺のチンポは？」

「ふぅぅん………イイッ………イイッ………」

ふたりが獣のように愉悦をむさぼっている、その時、ガタンとトイレのドアが開く音がして、誰かがなかに入ってきた。気配を感じてすかさず修一は、抽送《ちゅうそう》を一気に弱め——、かわりに指で左右の乳首をキツめにつまんだのだ。

「ン、ンンン……」

こらえようとしても、つい久美子の口から甘い吐息が漏れてしまった。

「あ、あの……どこか具合でも、お悪いんでしょうか？」

個室の扉、わずかに一枚だけ隔てた向こう側から、声がする。

「………い、いえ……ご、ご心配なく」

なんとか平静を取りつくろって、久美子は応えた。

「だったらイイんですけど……、よろしければ、お薬でもお持ちしましょうか？」

「け、……結構……です……ので……」

しばし間があって、女はトイレを出て行ったようだった。

ここぞとばかりに、修一はコックを激しく突き上げる。

「――――くぅぅッ!! ひゃぁ〜あああ〜ン、ああああ〜はぁッ!!」

久美子もここぞとばかりに嬌声を上げる。

彼女の〈いま〉は、まだ、自分から修一に必死でSEXをせがんでくるレベルではない。でも誘えばけっして断らない。むしろ積極的にエクシタシーをむさぼろうとしている。

修一は、ただ男に迎合するような病的なメス奴隷にはまるで興味がない。

ある種の抵抗感を示しつつも――、一度、愉悦が萌《きざ》すと、その絶頂感から逃れられなくなってしまうタイプの女性が、修一の理想なのだ。

(やっぱ久美子……お前は俺の理想だよ。お前とハメてる時が、一番、幸せな気分だぜ)

彼は内心、そう久美子に語りかけながら、

「ううッ、そ、そろそろ……出すぜ。今日はお前のなかに……たっぷりと……な。

おおぉ、イ、…………イクッ!!」

そのまま彼女の膣内に吐精した。

ひとしきり樹液を絞り出すと、使用済みの肉棒をにゅるりと抜いた。はずみで久美子の淫裂から、ふたりのミックスジュースがこぼれ落ちてきて、床に乳白色の塊をひとつ、またひとつとこしらえて行った。

◇　◇　◇

淫情《いんじょう》を満たした後、決まって訪れるけだるいひとときのなかで、ふたりはなかなかトイレの個室から出てこられずにいた。洋便器のふたに腰かける修一が、久美子を抱きかかえるような恰好《かっこう》で、なにをするでもなく、ただ…………そうしていた。

「ねぇ、修チャン、じつは相談があるんだけど」

沈黙を破って久美子が話し始めた。

「さっき、聞いててわかったでしょうけど、磯谷先生がしつこいの。私と顔を合わせるたびに、デートに誘われて…………どうしよう？」

修一は噴きだした。

「それにしてもお前ってヤツは、平気な顔してふざけたことをヌカす女だな。そんなもん、婚約者なんだから当たり前のことじゃん。それとも、磯谷とデートしたくねぇのかよ？」

「…………………………わからないの、それが」

まるっきり自分の感情がつかめない。そう久美子の顔に書いてある。

「なんだ久美子、この俺をさんざんあの糞野郎のことで苦しめておいて……、じつは、あいつのこと、全然好きじゃないってことなのかよ？」

「…………」

（クククク……こりゃ、どうやらコトは俺サマの計算通りに進んでいるってことだな）

修一はほくそ笑んだ。わざと声のトーンを下げ、冷徹な口調で修一は言った。

「明日、糞野郎とのデートを受けてやれよ」

「え……?」

「お前はデートをOKするだけでイイ。あとは万事、この俺がなんとかしてやるよ」

まじまじと修一を見つめてくる久美子。

なにも応えない。

修一の真意を測りかねてるのか、それとも自分の気持ちが揺らいでいるのか?

やがて、「うん」と消え入るような声でうなずくと、自分から個室のドアを開けた。

ひとり先にトイレを出て行こうとする久美子は、不安げで壊れてしまいそうだった。

——が、そんな久美子の背中を眺めていると、修一のなかに、背筋が震えるような高揚《こうよう》感《かん》がみなぎってくるのだ。

(磯谷よ、……そろそろお前にも、俺の怖《こわ》さを思い知らせてやる時がやって来たぜ)

磯谷への憤怒《ふんぬ》の情をたぎらせる修一は、ゆっくりとトイレをあとにしつつ、さっそく頭のなかを、明日のシミュレーションに切り替えたのだった。

第七章　証された姦係

翌日の夜、修一は予定通りに、久美子と磯谷のデートを尾行することにした。

久美子はやはり直前まで迷っていたらしく、放課後になるとすぐ、やけに蒼《あお》ざめた表情で修一に、「やっぱり磯谷先生に、いまからお断りしてきてイイ？」と訴えてきた。

「ダメだ。磯谷とのデートは俺《おれ》の命令だ」

彼は冷たくあしらった。そして、気付け薬だと嘘《うそ》をついて、例の発情効果のあるカプセル剤を飲ませたのだ。さらに、久美子の耳には超小型のレシーバーを装着させて、いつでも修一と連絡が取れるようにしておいた。

——学校を出た〈ツーショット〉は、つねに磯谷が先、久美子がやや下がった位置を歩きながら、駅前近くにある海鮮イタリアン系のレストランに入って行った。

修一は私立探偵《たんてい》さながら、ふたりのあとをずっとくっついてきて、やや間をおいてからその店に入った。窓際の真ん中あたりの席に、ふたりが差し向かいで腰かけたのを確認し、彼も、その斜めうしろあたりで、しかも磯谷からは死角になる席に座った。

ほどなくして、

「ここはねぇ、久美子さん、タラバ蟹《がに》を使ったクリームパスタと、白身魚のカルパッチョ……今日はスズキみたいだけど、そのふたつが有名なんですよ。知ってました？」

「いえ、そ、そのぉ…………私、…………あんまりお魚、好きじゃないもので……」

「え？　あ、そう……ですか。あ、じゃあ、この店じゃない方が良かった……」

「あ、いえ、あのぉ、そうじゃないメニューにしますから……どうぞ、お気遣いなく」

「はぁ……………そう…………です……か……」

修一には、実際の磯谷の表情まではさだかじゃないが、彼の台詞《せりふ》から、あてが外れて消沈気味の様子が目に見えるようで、こみ上げてくる笑みを噛《か》み殺《ころ》すのに懸命だった。

（磯谷よ、そんなに落ち込むなよ。久美子のかわりに、この俺サマが、お前の言ってたオススメのパスタ、喰《く》ってやるからよ。あはははは……）

愉快で仕方ない修一をよそに、あまりに不自然なほどつまらなそうな態度の久美子に、レシーバーを通じて、「かりにも婚約者なんだぞ。もうちょっと楽しそうな顔をしろよ」と指示を出した。が、そのあともずっと、一方的に磯谷が喋《しゃべ》りまくり、久美子が申し訳なさ程度に短く返答する……の繰り返しだ。

修一は仕方なく、「うまいタイミングで、女子トイレまで来い」と告げた。

ほかの客や店側に怪しまれないようにして、ふたりで個室に入ると、さっそく修一は久美子を洋便器のふたに座らせると、オノレの怒張を口のなかにぶち込んだ。

「お前がちっとも俺の言いつけを守らないことへの罰《ばつ》だ。ツバをたっぷりまぶしてしゃぶれよ。……俺がイイって言うまで」

「ふぐぅ……………はい…………」

彼は自分から腰を動かして、久美子の喉《のど》の奥へとさかんにピストンを送り出す。

息苦しいだろうに、彼女は、磯谷を前にする時とまるっきり違う、嬉々《きき》とした表情で肉棒をしゃぶるのだ。婚約者とのデートの最中に、顎《あご》にまで白く泡立ったヨダレをまとわりつかせて——。

そんな久美子を見下ろしながら、修一はいじらしくって仕方ない。

正直、思いっきり抱きしめてやりたくなる衝動をこらえつつ、

「ッたく、……久美子には常識っつーもんがねぇのかよ？　海鮮イタリアンの店にやって来て、魚が嫌いだなんて、よくそういうふざけたことがヌカせるな？」

「ブジュ………チュブブブブ………ご、……ごめん……なさい……」

「イイか、いまからでも遅くないから、少しは磯谷の気を惹《ひ》く演技をしろ。あくまでお前は婚約者なんだ。——それを忘れんじゃない」

「うぐぐぅ………ブジュッチュチュ………はい………」

久美子はさかんに唾音をたててうめきながら、神妙に返事をした。

「よし、もうおしまい」

修一はそう言って腰を引き抜いた。久美子は、まるでそれがお約束のように、みずからスカートをたくし上げ、壁に両手をついた。

「なにしてんだ、さっさと行けよ。あんまりトイレに長居したら、怪しまれるだろうが」

「えー？　あ、………そんなぁ………修チャ～ン………」

修一の顔を見つめながら、意味ありげに腰を振る。その目の前で、彼は久美子の唾液《だえき》でぎっとり濡れそぼる太棹《ふとざお》を、無理やり窮屈なトランクスのなかに戻すのだった。

「はぁあああ……………あああああ……………」

とろけそうな瞳《ひとみ》で、久美子は物欲しげに舌舐《したな》めずりするばかりだ。催淫《さいいん》カプセルの効果が、そろそろ本格的になってきたようである。

「お前が予定通り、磯谷とのデートを無事、務めあげたら…………飽きるほど愉《たの》しませてやるよ。だから、さっさと行け」

こっくりとうなずく久美子の顔に、安堵《あんど》した風な笑みが浮かんだ。

◇　◇　◇

その後、ふたりはレストランを出て、映画館に入った。町なかに二軒あるうちのひとつで、ちょうど洋画のロードショー系アクション作品がかかっていた。

修一は入館間際、久美子に、一番うしろの席に座るように指示を出しておいた。

薬の影響と、フェラチオの途中で放り出された欲求不満さとがないまぜの久美子は、暗くなった館内で、自分のすぐ右隣に修一が座ってきたものだから、思わず立ち上がりそうになるほど驚いた。

——が、久美子の反対隣に座っている磯谷は、早くもオープニングのシーンに夢中で、まるで気にする素振りもない。

「お前はしっかりスクリーンを見てろよ。この場で俺がイカせてやるから」

修一が耳元でささやきながら、左手を久美子のスカートの奥に伸ばしただけで、背中を奇妙にのけぞらせて「はぁあ」とつぶやいた。

さらに彼はパンティーの──脇《わき》からではなく、もっと大胆に、ヘソの真下から恥毛を撫《な》で下《お》ろすように指をまさぐり入れて、クリトリスをいじった。手探りなのに、じつに器用に修一は秘芽《ひが》の包皮をめくり、親指と人差し指でキツくつまんでやった。

「ひゃぁあン、はぁあああ……」

久美子は思わず愉悦をはっきり口にした。

修一がハッとなったほどだ。でも磯谷はスクリーンに釘付《くぎづ》けだ。いきなり銃撃戦から始まるストーリーらしく、やたら騒々しいのも好都合だった。

画面のなかでは、久美子の声の何倍何十倍という音量で、腹を撃たれて血みどろの女が泣きわめいていた。彼女があえいだくらい、どうってことはないだろう。

(映画館のなかで、久美子をイカせるなんて、半分は冗談のつもりだったけど、こりゃマジに、やりたい放題なんじゃねぇの?)

修一は調子に乗って、五本の指すべてを久美子の蜜壺《みつつぼ》にうずめた。淫靡《いんび》な音はもちろん聞こえないが、彼女の膣襞《ちつひだ》の、じつに滑らかな締めつけ感と人肌のぬるみは、視界の閉ざされた暗闇《くらやみ》のなかだからこそ、より一層、リアルに彼の神経に伝わってくるようだった。

せまく限られた空間なので、どうしても指の動きはぎこちなくなるが、強引に五本の指をすぼめてドリル状に右や左に回転させたのだ。

「────!?　はぁッ………ンー、ンー、………あう〜ッ………」

久美子は自分の手の甲を噛んで、必死に耐えている。もはや映画どころじゃない。ガクン、ガクン、と腰をひくつかせ、とうとう気を遣ってしまった。

「どうだ？　気持ち良かったか？」

修一が耳元でささやくと、久美子は呆然《ぼうぜん》と──、でも視線だけはまっすぐスクリーンに向けて、「はい」とだけつぶやいた。

磯谷はやけに血走った目で、あいかわらず映画に見入っていた。久美子の絶頂よりわずかに遅れて、物語は〈クライマックス〉を迎えているようだった。

（ふん、呆《あき》れるほど間抜けな野郎だな、貴様は……ククククク……）

修一はちらりと磯谷に侮蔑《ぶべつ》の視線を送ってから、一足先に映画館を出た。

◇　　◇　　◇

映画館の向かいのさびれたゲームセンターで、ふたりが出てくるのを待っていると、ほどなく、磯谷に抱きかかえられるようにして久美子があらわれた。

完全に腰が抜けていて、ひとりでは歩けない。それを磯谷は勝手に、レストランで飲んだ赤ワインのせいだと勘違いしているようだ。

（ここからが、貴様のエロ教師ぶりを発揮する絶好のチャンスだぜ。……磯谷先生よ）

口許《くちもと》に邪心ある笑みを浮かべつつ、磯谷がはたしてどうするか、興味深く観察していた。

久美子の住んでいるマンションは、ここから徒歩で十分足らずのところだ。

送り狼《おおかみ》に豹変《ひょうへん》するには、ちょうど良いロケーションである。

修一のもくろみ通り、磯谷は久美子をウチまで送って行くことにしたらしい。

あとをつけて行くと、途中でさっそく久美子の肩を抱いた。「大丈夫ですか？　もうすぐ着きますからネ」とかなんとか言いながら……。

途中、道の左側に公園が見えてきた。そうでなくても、周りを鬱蒼《うっそう》と生い茂る木立が囲み、通りの方からはブラインドになっているのに、敷地内の照明がいくつか壊れているらしく、やけにあたりが薄暗い。

「ちょ、ちょっと久美子さん……こ、この公園のベンチで………酔いをさまして行きましょうよ。ネ？　ネ？　そうしましょう」

調子イイことを言って、磯谷は強引に公園に久美子を導いたのだ。当の久美子は、磯谷になにを言われているのか、なにをされようとしているのかさえ、わからない様子である。

（チッ、貴様の行動はあまりにパターン過ぎて、ちっとも面白くねぇや）

修一は内心、毒づいた。すべては彼にとっては予定通りの行動だった。

磯谷はベンチと言いつつ、どんどん奥の方の、より木々が生《は》え揃《そろ》う場所へと久美子を案内する。――いや、久美子の意志などまったく無視して〈連れ込む〉といった方が正解だ。

修一は磯谷に気付かれぬよう、足音に気を配って、一歩、また一歩と彼の背後に迫った。

手には、あらかじめ用意した、クロロホルムを含ませたハンカチを握りしめて――。

とある背の高い大木に久美子をもたれさせ、キスをしようとしているところへ、

「おい、警察だ!!　強姦《ごうかん》未遂で逮捕する!!」

修一が大声を出したものだから、「うわぁ～!!」と飛び上がってたまげた磯谷が、あわてて振り向いた途端、鼻と口にハンカチを強く押し当てた。

「き、き……さ……ま……」

憎々しげに睨《にら》みつけていた目が、急に虚《うつ》ろになったかと思うと、そのまま崩れ落ちた。

眠りこけた磯谷を、修一は、これまたあらかじめ用意しておいたロープを使って、久美子がよりかかっているのとはべつの大木に縛りつけた。

「おい、久美子、おい……ここからが今日のメインなんだぞ。お前にとっても大事なケジメだ、よく目ン玉見開いて、磯谷の姿をちゃんと見やがれ」

彼女の頬《ほお》にビンタを喰らわし、髪の毛をわしづかんで、磯谷の方に顔を向ける。

「あー、い、磯谷……先生……。ど、どうして……こんなところに？」

いちおうたまげて見せるが、意識が淫《みだ》らに混濁しているので、なにも考えられないのと一緒だ。修一は久美子の向きを変え、立ったまま大木を両手で支えさせる恰好《かっこう》で、淫裂《いんれつ》の

ど真ん中を貫いた。

「ひゃぁあン、イイ～ッ、しゅ、修チャ～ン、はぁあン!!　あン!!　あン!!　やっぱり、修チャンの……………き、気持ちイイ～～ン!!」

甘くかすれた久美子の嬌声《きょうせい》が、木立のざわめきとデュエットしてあたりに響き渡る。

膣の締めつけがやけにキツい。おまけに子宮口に近い方から手前へ、強弱の波を打ちつけてくるかのように、襞がけったいな収縮を繰り返しては、怒張にねっとりと絡みつく。

「ううッ、お、お前…………いつからこんなエロテク、身につけやがった？」

思わず、うめきながら修一は問うた。

「え～、…………知らな～い、はぁン、はぁン…………エロ…………テク…………？」

「ふん、なんでもねぇよ。お前がこんなにドスケベでオマンコの締まりがイイってこと、磯谷に教えてやろうじゃねぇか。あっははは……ほら、もっと!!　もっとキツくぅ……

……ううッ、そ、そう……あああッ、そ、それ…………く、くるぅ……」

修一と久美子が悦《よ》がり狂っている——その声が、ようやく目を覚ましたばかりの磯谷の聴覚に襲いかかり、ハッとなった。

あわてて周囲を見回すと、すぐ目の前で、自分の婚約者が修一とまぐわっている。

「————な、仲田、これは……き、貴様ぁ、なななななんの真似《まね》だぁーッ!?」

あまりに信じがたい〈現実〉を前に、磯谷はわなわなと唇をふるわせた。

しかも自分はなぜか、まるで身動きがとれない。厳重にロープで拘束されている。

「おぅ、破廉恥《はれんち》セン公が、やっとお目覚めかよ？　久美子を真夜中にこんな場所に連れ込んで、いったいなにをしようとしてやがったんだか……。悪ぃーけど、俺がかわりに、お前のしようと思ってたこと、久美子のオマンコ使って、やらせてもらってるからよ。ま、そこでゆっくり見学しててくれよ。……もうすぐ終わるからさ。おおぉ、く、久美子……そ、それ、……………その締めつけ、キクぅー!!」

修一はわざと磯谷に見せつけるために、久美子を彼の方に向けて立たせ、背中に抱きつくような体位で、下からズンズン激しく突き上げた。

「うぉおー、イイッ!!　イイぞぉ、久美子ぉ!!　はぁ、はぁ、はぁ、はぁ……」

息を荒げつつ、感極まったまま、久美子のブラウスの前ボタンとブラを引きちぎり、そのたわわに実った久美子の乳房をめちゃくちゃに揉《も》みしだいた。

「はぁぁあン、すっご〜い、修チャ〜ン、すっごいすっごい!!　……きちゃうよぉ〜!!」

自分の婚約者のあられもない姿、一度も聞いたことのない愉悦の雄叫《おたけ》びに、磯谷は口をぽかんと開けて、ただ見つめるばかりだ。

「こ、これはどういうことだ、久美子さん!?　なにかの間違いですよネ？　こここ、こいつ……この仲田のガキに、なにか弱味でも握られて、それで——!?　そうなんでしょ？おい、貴様ぁ、これは立派な犯罪だぞ。俺は訴えてやるから、よく覚えておけよッ!!」

「ああ、覚えといてやるよ。ただし、ブタ箱直行は貴様だぞ。お前、久美子が酔って正体をなくしたのをイイことに、ここで強姦しようと企《たくら》んでたじゃねぇか。綺麗《きれい》ごとほざく前に、てめぇの馬鹿《ばか》さ加減を、その木に縛りつけられながら、よ～く考えてみることだな」

「な、……………仲田ぁ、……………貴様ぁ………」

磯谷は歯を食いしばるしかない。修一は、磯谷への積もりに積もったルサンチマンを、この機に一挙に吐き出そうとしているかのように、これでもか、これでもか、と腰を突き上げる。何度も何度も……急ピッチに速度を上げて――。

「イ、イ、イ、………イッちゃう………はぁああン、なんか修チャン、ヘン!!　あン!!　あン!!　あン!!　イッちゃ～う」

あともう少しで気を遣る手前で、修一はわざと動きをゆるめた。

「あ…………ぅぅぅ～」

急に拍子抜けして、久美子はあきらかに不満げな表情だ。

「イイか、磯谷!!　お前、心底アッタマ悪くて、よくわかってないみたいだから教えといてやるけどよ、この女――久美子はな、お前なんかが生意気にしゃしゃり出てくる、ず～～っと昔から、俺だけの所有物なんだよ」

いったん、にゅるりと豊潤な果汁に漬《つ》かりすぎて湯気まで出ている肉塊を引き抜き、

「な？　久美子……そうだよな？」

「ふぅぅぅ～ン、修チャ～ン、そんなことより…………早くぅー、ちょうだ～い!!」

「そんなに俺のぶっといのが欲しいか？」

「はぁあン…………ほ、欲しい……」

「でもさ、お前にはほら、……れっきとした婚約者がいたんじゃなかったっけ？」

もう一度、怒張を淫裂のあわいに戻し、ゆっくりゆっくり、抽送《ちゅうそう》を再開させる。

「あああ～ン……そ、それはぁぁぁ……」

「そいつがどんなに糞野郎《くそ》だとしても、婚約者は婚約者だろうが？　相手が決まった女とは、俺はもうこれ以上、出来ねぇよ。その磯谷っつーセン公が可哀想《かわいそう》だもんなぁ」

と言いつつ、修一は口と裏腹、次第にコックの動きを速めて行く。

「はぁン、……そ……そんなぁ……私がイクまで…………ちゃんと感じさせてぇ～!!」

久美子はさかんに上半身をくねらせて、顎をもたげながらおねだりしてくる。

「ま、この場で、その婚約者と別れると言うのなら、話は別だけどネ」

「わ、……別れます。すぐに磯谷先生と別れます。だから……お、お願い……はぁあああ
あぁ～ン、も、もっとぉー!!　もっと修チャンのオチンチンで突いてぇー!!」

考える間もなく、久美子の口から〈答え〉が告げられた。

あまりの即答に、磯谷は両目を見開いたまま、正気を失っている。

「だってさ、……磯谷先生？」

修一はわざわざ磯谷に、満面の笑顔で最敬礼をすると、あとはまぐわいに集中して、一気に吐精まで昇りつめる。

子宮口をうち砕かんとばかりに、久美子の腰を前後左右に揺さぶるのだった。

「ひゃぁあああああッ、イ…………………クぅ!!」

久美子が気を遣った。と同時に、修一は発射寸前の如意棒を引っこ抜いた。

彼女は立っていられなくなって、その場に崩れ落ちる。

一方——顔面蒼白《そうはく》の磯谷は、ロープに縛られたまま、その場に倒れ込むことも出来ない。

修一は分身をみずから支え持ちながら、磯谷の正面に立つと、

「あンあンあン……磯谷センセ～、出ちゃう～!!」

わざとおかしな声を出して、磯谷の顔をめがけて樹液を放った。濃厚で量の多いザーメンを頭からかぶって、磯谷は目も開けていられない有り様だ。

「女の心変わりって、ホント怖《こわ》いよなぁー、磯谷先生よ」

深い溜《た》め息《いき》まじりに、修一はつぶやいた。

◇　◇　◇

翌日、磯谷は無断欠勤した。そのせいか、教員室でも教室での授業中でも、今日の久美子はあきらかに動揺している。昼休み、廊下ですれ違った久美子に、

「どうした？　後悔でもしてるって顔だな？」

修一は核心を突いてみた。

「私…………磯谷先生を裏切ってしまって……」

「ふん、俺はもうお前に、何度も裏切られてるんだぜ？　お前って女はもともとそういう自分勝手なヤツだ。いまさら磯谷を裏切ったところで、どうだって言うんだよ？」

わざと突き放すようなモノ言いをして、

「そんなにあんな糞野郎が恋しいなら、磯谷にもう一度、すがりついたらどうだ？」

「…………」

「イイんだぜ、俺からまた逃げ出したけりゃ、そうすりゃいいさ。……教師なんか、免許があれば、どこ行ったってやれるだろうし」

「…………」

久美子は唇を強く噛んで、上目遣いで修一を睨みつけてくる。そんな意地悪な言い方しないで、そう顔に書いてある。

「お前に、俺を捨て去るなんてこと、ホントに出来るのか？　数年前、高校を出たばかりのお前が、俺に内緒で本家を逃げだした時とは、まるで〈状況〉が違う……。それを一番良くわかってるのは、お前の思考回路より、ここだよな？」

さっと修一の右手が伸びて、スカートの上から恥骨の真下あたりを平手でまさぐる。

「ふぅ～ンンン」

条件反射的に久美子の喉が鳴る。

「忘れられないんだろう、俺の体が？」

「そ…………………それ……は………」

久美子の潤んだ瞳に、媚《こ》びのようなおびえのような光が宿る。

「ねぇ………修チャン、私…………どうすれば？」

「どうにでも好きにすりゃあイイさ。…………お前が本当に望む通りにな」

◇　◇　◇

その夜、修一の部屋の電話がけたたましく鳴った。

仲田家本家の家長、祖父からの突然の電話だった。

「どうされたのです、お爺様《じいさま》？」

これだけ自分本位に生きている修一も、この祖父にだけは、いまだに無意識に畏怖《いふ》の念を感じてしまう。孫だからといって、なれなれしい口など絶対にきけない。

「本家の力が必要になったのだろう、修一？」

「は？」

咄嗟《とっさ》には理解できなかった。

本家の力!!

あらゆる方面に有力なコネククションを持つ、仲田家の力!!

（そうか!!　そういうことか。たかが私立の学校法人に属する教師一匹、葬り去ることなど、朝飯前だという……）

正直いままで修一は、自分以外の力、とくに本家の頼りを得て生きて行く気など、さらさらなかった。磯谷の件も、自分ひとりでどうにでも出来る自信もあった。

でも、父親の日記を読み、自分も哀《かな》しいほど仲田家の〈血〉を色濃く受け継いでいることを悟るとともに、本家の力を自由に操れてこそ、由緒正しい仲田家の〈末裔《まつえい》〉に違いない——と思うにいたった。ここはひとつ、本家に頼ってみるのも得策なのではないか？

祖父がいつどこで、俺と久美子、そして磯谷の関係を知ったのか、尋ねてみたい気もしたが、思いとどまった。おそらく本家の力を使えば、たやすいことなのだから……。

「ここらで、いよいよ〈ツメ〉が必要というわけだな？」

すべてを知る静かな祖父の口調だ。

「はい、邪魔者が……一匹ほど」

修一も静かに低く、応《こた》えた。

◇　◇　◇

それから数日経《た》って、磯谷は無断欠勤のまま、完全に弓ヶ浦学園から消えた。

表向きは、突然の依願退職ということだった。もちろん真の理由を知る者はいない。

裏に本家の力があってのことだと、知ってるのは修一だけだ。

──いや、おそらくもう一人。

磯谷はたんに教師を辞めただけではない。本家がひそかに警察や精神病院を動かしたため、真性で凶暴性のある変態ストーカーとして、生涯、監禁生活を強《し》いられることだろう。

ひとりの人間の一生を、突如として抹殺してしまう。仲田家という忌《い》まわしい血族は、またじつに影で甚大な権力を持つ、知るヒトぞ知る、由緒正しき〈血族〉でもあった。

そのパワーがいま、証明されたのだ。

が、やはり、正直……面白くない。修一個人ではなく、本家の力ということが。

しょせん、祖父の掌《てのひら》の上で転がされているに過ぎない──そのもどかしさが。

(いつかこの俺が本家の軸となり、本当の力を肌で感じてみるしかないんじゃないか？)

そんなこと、今日まで思ってみたこともなかった。

(そう、俺のお爺様のように、多くの連中から、あらゆる意味で怖《おそ》れられる男に──)

修一なりに複雑な心境で階段を昇って行くと、上から久美子が、おなじく複雑な表情でゆっくり降りてきた。

「磯谷、いなくなったな？」

「……………………………ええ」

「ひとつだけお前に訊《き》きたい。久美子は、本家の力を知ってたんだな？」

「…………」

うつむいたままの久美子。

返答なしだが、伏せたまなざしは明らかに肯定を意味していた。

「仲田家の〈血〉のことも、ひょっとしたら、お前……。そうか、だからお前、俺の前から突如として消えた。仲田の〈血族〉から逃げるために、そしてこの俺からも——」

またしても応えない。が、図星だろう。

仲田家本家の絶大な権力の存在と意味を知り、あわせて、忌まわしい〈血〉の慣習をも知ってしまった久美子。その汚れた血が、修一のなかにも脈々と流れていることを知れば、たしかに久美子でなくてもそう決断することだろう。

修一はいまさらながら、オノレという人間がわかった気がした。

その時、久美子が小さな声で話しだした。

「修チャンのことが怖いから逃げたって言ったの……けっして嘘じゃないわ。でもそれは、半分だけしかホントじゃないの」

「ン？　どういうことだよ？」

「私は……………、私自身のことも、怖いからよ。なぜなら、私の実の父親って、…………………………………………………あなたのお父様のお兄さんなんだもの」

「え？」

と言ったきり、修一は言葉が出なかった。

（おい、久美子？　ど、どういうことだ？　それって、つまり、俺とお前って――⁉）

久美子の母親が、昔、本家で家政婦をしていたことは、親族の誰《だれ》かしらから聞いて、知っていた。でも父親のことはまったく知らなかった。

と、いうより、彼女も修一と一緒で、物心ついた時にはもう両親に〈捨てられた〉子供だったので、そのことにはお互い、あえて触れないで来た部分があるのだ。

修一のなかで、あらゆる記憶がごちゃごちゃと乱れ飛び、わけがわからなくなった。

彼の戸惑いを見透《みす》かしてか、久美子はぽつりと、「私たち、いとこ同士なのよ」

「でもなぜ、……………どうしていままで俺に、そのことを黙ってた？」

「私も高校に入って、初めてそのことを知ったの。母親と本家とのかかわりは、もっと幼い頃《ころ》に聞かされてたけど、父親のことはまるで……」

「もしかして、久美子にそれを教えたのって、……………………俺の親父《おやじ》か？」

こっくりと久美子はうなずいた。

修一は単純にむかつき、そしてなにかを口走ろうとした――その直前に、

「『なんでこの俺には？』って、いま思ったでしょ？　それはネ、修チャンが男の子だからですって……。あなたのお父様、生前、私によく言ってたの。『修一には悪いが、あいつはあいつで生きて行くしかない。本家の大切な跡取りだからな』って。『でもキミは女だから、いまからでも遅くない。修一のそばから離れなさい』って。私たちってほら、幼い頃

から仲が良過ぎたでしょ？　よけいにお父様、心配だったみたい。『将来もしふたりが、間柄を知らずに関係を持てば、本家の〈血〉は忌まわしいままだ。それだけは、なんとしても阻止したい』って……真剣な目で語ってくれたわ」

「チッ、ろくでなし親父め、よけいなこと、久美子に吹き込みやがって!!」

いらだたしげに、ぺーッと足許に唾《つば》を吐いた。それを上履きの底でぐいぐい踏みつけた。

その修一に、久美子はいきなり抱きついてきて、

「だから私……ちゃんと、こうやって戻ってきたじゃない。修チャンのところへ……。あなたのお父様が亡くなったのが、良いきっかけになると思って、それで……」

「く、久美子ぉ!?」

「正直、まだ私だって怖いわ。すごく怖い、本家の〈血〉が……。でもそれは、修チャンだって一緒でしょ？　あなたとふたりなら、……やって行けると思うから」

瞬間、本家の祖父に言われた台詞が頭をかすめた。

『修一がみずから選ぶということか』

（そうか……。俺が本家を出ることにした時、それも久美子とともに、この弓ヶ浦に引っ越してくることを決めた時、お爺様は俺に、そのことを伝えたかったんだな）

ずっと修一の心の隅に引っかかっていた疑問が、ひょんな恰好で明らかになった。

「つまり、お前も、……みずから選んでしまったというわけか？」

「…………」

久美子は黙ったまま、じっと修一を見つめてくるばかりだ。

（そうか、そうなのか、久美子!!）

たまらなくなって、修一は久美子の唇を奪った。彼女もそれに素直に応じた。ふたりの舌が、互いの口内を行ったり来たりして、時折、粘っこい糸が光る。

しばし後、キスを解いてすぐ、久美子の髪の毛をまさぐりながら、

「俺は金輪際《こんりんざい》、久美子を逃がすつもりはないぜ。安心して、俺について来い」

修一はそう言い切った。

久美子は、表情にかすかな安堵の笑みをたたえて、「はい」とだけつぶやいた。

◇　◇　◇

そして放課後――。

夕焼けで真っ赤に染まる屋上の隅で、久美子は立ったまま給水塔の壁にもたれ、修一に右脚を高く抱えられつつ、淫裂深くまで剛直をくわえ込んでいた。

「はぁぁああッ、…………ふうん!!　ふうン!!　ふうん!!」

久美子はあまりの気持ち良さに、口の端からヨダレを垂《た》らしている。修一はわざと腰を〈八〉の字に揺らしたり、〈の〉の字に揺らしたりして、次第に抽送のピッチを上げて行く。

もう彼には怖いモノなど、なにもない。

ふたりがまぐわっている、まさにその真横を、関心なさげに京乃が通り過ぎる。

あきらかに視線はこちらを向いている。が、まるっきり表情が動かないのだ。彼女にとって、自分に都合の悪いモノはすべて、存在自体が〈ナッシング〉なのだろう。

（もっとも、この俺サマだって、これから先ずっと――自分のやろうとしていることに対して、都合の悪いモノすべてを、排除するつもりなんだから、あのロボット女と一緒ってわけか？　いや違う、俺は少なくとも、てめぇの道はてめぇで切り開く。あの女みたいに、ただ希望を待っているだけの毎日なんて、糞食らえだ!!　たとえそこにどんな困難が待ち受けているとしても、だ。こいつと一緒なら、きっと俺は生きて行ける……）

その〈こいつ〉の膣が壊れるほど、腰を突いてやる。

グイッ、グイッ、グイッ、と……。

「なぁ、伊東先生よ、ちょっと、こっちへ来てくれよ」

修一はわざと京乃を呼んだ。

彼女が一瞬、ピクンとなる。彼女にとって、修一は最大に〈都合の悪いモノ〉に違いないが、だからこそというべきか、秘密を握りあった彼の命令だけは無視できない。

表情も変えずに、明確に反応だけは示す。

そう、まるで人形のように、喜怒哀楽を消したまま、そばに近づいてくるのだ。

京乃の前で、わざわざ修一は、久美子の膣を掻《か》き回《まわ》していた怒張を引き抜いてみせた。

「なぁ、アンタの舌で、俺のチンポ……すぐに綺麗にしてくれないか？」

言うと、京乃はしばらく無言で立ち尽くした後、その場にしゃがみ、彼の太棹を口に含もうとする。

「イイよ、冗談だよ。――その寸前に、修一はさっと腰を引く。

「イイよ、冗談だよ。あんたみてぇな、生きたダッチワイフの舌で綺麗にされても、俺、ちっとも気持ち良くないんでネ」

「……そうですか」

淡々と言うと、すっくと立ち上がり、くるりときびすを返した。そのまま、なにごともなかったように行ってしまう彼女へ、修一は思わず言った。

「あんた、本当にそれでも教師かよ？」

「違います。非常勤講師です」

暗く冷たい彼女の声が、風に乗ってあたりに消えて行った。

（チッ、……ホントに気色の悪い女だぜ）

京乃の後ろ姿をぼんやり眺める修一の、イチモツを、いつの間にかやってきた梢子が、じつにていねいな舌さばきで舐め清めてくれている。

「なぁ青山先生よ、あんた、まさか本当に教師になるつもりじゃやねぇだろうな？」

修一は馬鹿にしたような口調で訊いた。

「ええ、く……久美子先輩のような、……同僚の先生方にも、それから生徒たちにも……みんなに慕われるような、……そんな先生に……なりたくて……」

梢子は口のなかから修一の太棹を出したり引っ込めたりさせながら、くちゅくちゅと飽きずにしゃぶっている。

「ふうん、そりゃ理想が高くてよろしいことだネ」

梢子が慕う久美子は、いま、修一の肉棒が抜けた淫裂に、焦《じ》れたように自分の指を突っ込んでいる。

「ひぃぃぃぃぃ……………あああン、しゅ、修チャ〜ン、は、早くぅー…………はぁぁぁあン、早くぅー、オチンチンちょうだ〜い」

（みんなに慕われる先生ねぇ……。こりゃ、喜劇だぜ。あっはははは……）

修一はおかしくておかしくて、フェラチオに興じる梢子と、自分の指に悦がる久美子を交互に眺めながら、目を細めたのだった。

エピローグ

もうひとりの〈みんなに慕われる女教師〉の沙千保は……というと、定期的に校長室のなかで、修一との情事を楽しんでいた。もちろん不能の旦那《だんな》には内緒である。

この日の放課後は、机の下に潜った沙千保が、椅子《いす》に腰かけた修一の怒張をしゃぶっていた。そこへ、なにも知らないクラスメートの男子がひとり、掃除をしに入ってきたのだ。

ドアを開けると、ちょうど正面奥に、なぜか掃除当番でもない修一がいる。

それも校長本人ではなく、いかにも高級感あふれる黒い革張りのリクライニングチェアに、校長室専用の、修一がふんぞり返っている。

「そんなとこでなにやってんだぁ、仲田?」

その質問は当然である。が、修一はまるっきり動じない。

「見てわかんない? 校長ごっこだよ。どうだ、なかなかサマになってるだろ?」

修一はわざとふてぶてしく、机に頬杖《ほおづえ》をついてみせる。

「ッたく、……お前もお寒い野郎だな。ガキじゃあるまいし、校長ごっこだなんてよ」

クラスメートは呆《あき》れたらしく、修一を放っておいて、掃除に集中しだした。

しばし、けったいな静寂の時が部屋に流れる。

——と、沙千保の唾《つば》が、クチュッと音をたてた。

「ン? おい、仲田……なんか音がしねぇか?」

男子は雑巾《ぞうきん》がけの手を休め、耳をそばだてる。

「お前の気のせいじゃねぇの？　なんにも聞こえないけど」

――クチュッ、チュプチュプチュプ。

「いまの‼　お前も聞いただろ？　なんかがはじけるような音……。なんの音だろ？」

「たぶん、俺の上履きが床に擦れる音だと思うよ。ほら、…………………な？」

修一は実際に上履きを床に、それもかなりオーバーに擦《こす》りつけてみる。

その音の真上で、沙千保が……いまは彼の玉袋を、さも美味《おい》しそうに、首筋までヨダレを垂《た》らしてしゃぶっているので、男子のいる場所からすると、音がシンクロするのだろう。

「ふぅーん、そうか。お前の上履きの音か」

とりあえず納得したのか、男子は書棚の雑巾がけを再開した。一箇所、側面の汚れがかなりこびりついている場所があって、そこを彼は念入りに拭《ふ》き始めたのだが――。

「そ、そこそこ……そこを重点的にな」

修一は、沙千保の舌戯への要求を口にしたのに、男子はその拭き掃除のことを指摘されたのかと思い、「あー、やっぱりここな。ここはていねいにやっといた方がイイよな」

「そうそう、そこ、左右に……そう、揺らすんだ」

「左右だ？　上下じゃなくてか？　……そうか、わかったよ。左右だな」

「そうそう、先端を…………もっと強く擦りつけるようにな」

「ッたく、注文の多い野郎だなぁ。先端ったって、特殊な掃除用具があるわけじゃねぇんだから、雑巾だけじゃ無理だよ」

「無理でも頑張ってくれよ。あとで俺が叱《しか》られるんだからさ。ところでお前………校長先生ってさ、三十歳過ぎてるらしいけど、なかなかエロい体、してると思わない？」

修一は沙千保のネタを振ってみる。男子はすぐに目の色を輝かせて、

「してるしてる!!　ちょーエロいぜ。あー、すんげぇーヤリてぇーよ、俺。校長先生と」

「だろ？」

内心、噴きだしたいのをこらえる修一。

「俺のチンポ、思いっきりくわえさせてみてぇーよぉー。校長って結婚してるんだろ？　やっぱ、すげぇーオマンコのテクニック、あるんだろうなぁ？」

「そりゃすんげぇーテクだろ？　ここんとこ毎日ヤリまくってるんだからさ」

「ン？　おかしな言い方すんなよ。お前の女じゃあるまいし……。でも、大人《おとな》の女ってイイよなぁー、頼んだらなんでもしてくれそうだしよ？」

「ああ。してくれるぜ。タマまでチャプチャプしゃぶってくれるからよ」

「だからさ、仲田……。なんで、お前が知ってるんだよ？」

「ま、……なんとなく、想像だよ」

「そんならイイけどよ……。なぁ、やっぱ、Hのフィニッシュは顔射かな？」

「顔射……ねぇ。そうだな、やっぱ、最後は顔にぶちまけるかな」

絶頂まぎわの修一は、男子にわからないように沙千保の口から愚息を引き抜くと、みずから何度かしごいた後、「ううッ!!」と彼女の顔に向けてすべて放ってしまった。

「ン？　どうした？　いまなんか言ったか？」

「い、いや……ちょっと、喉《のど》の奥に痰《たん》がつまっちゃってネ。風邪気味なもんだから」

「きったねぇなぁ。……と、これでよし。いちおう全部終わったぞ」

男子は使っていた雑巾を、水の張ったバケツに投げ入れ、大きく伸びをした。

「そのバケツ、置いておけよ。あとで俺がやっとくから、お前……もう帰ってもイイぞ」

「そうか、じゃ、頼むわ。校長先生によろしくな」

男子が校長室を出て行った。せま苦しいところに閉じこもり、汗とザーメンまみれで顔がぐしょぐしょの沙千保が、机の下から這《は》い出《で》てきた。

「な、仲田ク～ン……、もう、あんまり私に無茶させないでよぉ～。誰《だれ》かに見つかったら大変なんだから」

口をとがらせてるわりには、目が怒ってない。

むしろ、なおも修一の肉棒を求めているような、淫蕩《いんとう》な光がそこに感じられる。

「心配すんなよ。俺がそんなヘマすると思うかい？　それよりどう？　興奮した？」

「ええ、すっごく……。こんなスリル、もう何年と日那には味わわせてもらってないんだもん、ねぇ…………もっと、あなたのぶっといの、しゃぶらせてぇー」

沙千保の顔が、修一の、使用済みのぎっとり汚れた愚息にふたたび吸い寄せられて行く。

◇　◇　◇

その数日後の深夜のこと。

修一の部屋の電話が鳴った。

受話器を取らなくても、それが本家からのコールであることを、彼は理解していた。

五日前に心臓発作で倒れ、危篤《きとく》状態が続いていた祖父の、臨終の知らせである。

覚悟していた〈その日〉がついに来た。

遺産相続、家督継承。本家の大屋敷に出向き、親族一同と顔を合わせなければならない。

当然、予想される本家の連中の反撥《はんぱつ》を甘んじて受け――、そしてあらためて堂々と、自分こそが由緒正しい仲田の〈血〉の継承者であることを宣言しなければならない。

すべては祖父の生前、あらかじめ含まされていたことだ。磯谷のことで祖父が助けてくれたのは、じつは〈その日〉の伏線だったと、あとで知らされた。

修一は受話器を置くと、奥の部屋のベッドに横たわる久美子を叩《たた》き起《お》こした。

「おい、準備をしろ、久美子。一緒に本家の葬儀に出席するぞ」

久美子はここ最近、修一と同棲《どうせい》生活をしていた。

◇　◇　◇

半年ぶりの喪服。初夏の日差しが暑いほど照りつけていた。

想像はついていたものの、異様な雰囲気の葬儀だった。

が、もともと修一や久美子に対する親族の〈視線〉は、少しも温かいものじゃなかったのだから、いまさら驚くには当たらない。

やがて無事、葬儀も済み、家長を失った一族の者たちが、五十畳ほどある大広間に結集したのだ。弁護士によって、祖父の遺言が開示される。

「われ亡き後、仲田の家長たるは、修一をもって家督を継がせるものとす」

しばし異常なほどの静寂が流れた後、部屋のあちらこちらから、かなり悪意のあるブーイングが飛び交いだした。

長老格の、頭のてっぺんから爪先《つまさき》まで、邪淫《じゃいん》そのものといった態《てい》の、修一にとっては叔父《おじ》にあたる男が、杖《つえ》を支えにふらつきながら立ち上がった。

「そんな、女のおもりがなけりゃなにも出来ないようなガキに、わしら由緒正しい仲田家本家を背負ってなんか行けるもんか」

「そうだ」「そうだ」「そうだ」

叔父の言葉に多くの親族が大声で賛意を唱える。

「黙れ、みなの者!!」

修一はあらん限りの大声で、一喝《いっかつ》した。

あまりの威勢の良さに気圧《けお》されて、大広間じゅうが静かになった。

目で久美子に合図し、立ち上がらせると、

「脱げ、久美子」

「……はい」

衆人環視のなか、なんのためらいもなく、久美子は喪服を脱ぎ捨てた。

乳房も恥毛もすべてさらけだして、彼女は黙ったまま一同を見据《みす》えた。その表情には羞《は》じらいはまるでなく――、いや、むしろどこか誇らしげな様子さえうかがえた。

「誰が、女のおもりだって？　おい!!　誰が、なにも出来ないガキだって？」

さんざん文句を言っていた男たちに順番に、修一の鋭い視線が飛んで行く。

「先ほど、お爺様《じいさま》の遺言にもあった通り、いまこの時点から、この俺が本家の家長だ。以後、一切の異論、反論は、家長である俺が断じて許さない。わかったな？」

この、修一みずからの宣言を聞き、そしてまた久美子の潔《いさぎよ》い脱ぎっぷりを眺め、本家の連中は、ただ息を飲むばかりだった。

修一は、久美子を横にたずさえ、この狂ったとしか言いようのない、禁忌に満ちた〈血族〉を支配して行くことになった。

その〈血〉を色濃く受け継いで生まれてきた彼にとって、それは、あらかじめ定められた運命だったのかもしれない……。


〈了〉

あとがき

前作の『せ・ん・せ・い』から、もうかれこれ三年近くの月日が流れてしまいました。

ここだけの話ですが、この『せ・ん・せ・い2』のノベライズの話が私のところに飛び込んできたのは、去年の夏のことでした。諸般の事情で「申し訳ないけれど……」と丁重にお断りしたものの、その後、数人の、私もよく存じ上げております同業者への執筆依頼が、これまた流れ、流れ、ようやく某気鋭の若手官能作家の手にバトンタッチ――されたまま、プロット執筆途中にて、彼は急逝してしまったのです。

T原N人氏。彼とは面識こそありませんでしたが、個人的に私は（いちおう業界歴だけ先輩格の書き手として）彼の文章の巧さと感性の繊細さを高く評価していました。

自分より九つも年下の〈才能〉に先立たれた哀しみを、三文文士なりにどう解釈しようかと思案したとき、彼がついにENDマークをつけることが叶わなかった当作品を、代わりにこの私が、ただしあくまで花園流の〈出来〉として仕上げること以外、ないのではないか？と決意するに至ったわけです。「T原クン、やっとUPしたぞ!!」……合掌。

なお、この刊行物より、私は筆名の『乱』の字をひらがなに改めました。「乱れ」たままにしておくと、私は早晩、狂死するそうです。それが怖くて………ということです。


平成十三年もあと二十ウン日で大晦日　花園　らん

せ・ん・せ・い2

2001年12月30日 初版第1刷発行

著　者　花園 らん
原　作　ディーオー
原　画　鬼窪 浩久

発行人　久保田 裕
発行所　株式会社パラダイム
〒166-0011東京都杉並区梅里2-40-19
ワールドビル202
TEL03-5306-6921 FAX03-5306-6923

装　丁　林 雅之
印　刷　株式会社シナノ

乱丁・落丁はお取り替えいたします。
定価はカバーに表示してあります。

既刊ラインナップ

定価 各860円+税

1 悪夢～青い果実の散花～
2 脅迫
3 痕～きずあと～
4 慾～むさぼり～
5 黒の断章
6 淫従の堕天使
7 Esの方程式
8 歪み
9 悪夢 第二章
10 瑠璃色の雪
11 官能教習
12 復讐
13 淫Days
14 お兄ちゃんへ
15 緊縛の館
16 密猟区
17 淫内感染
18 月光獣
19 告白
20 Xchange
21 虜2
22 飼
23 迷子の気持ち
24 ナチュラル～身も心も～
25 放課後はフィアンセ
26 骸～メスを狙う顎～
27 朧月都市
28 Shift!
29 いまじねぃしょんLOVE
30 ナチュラル～アナザーストーリー～
31 キミにSteady
32 ディヴァイデッド
33 紅い瞳のセラフ

34 MIND
35 錬金術の娘
36 凌辱～好きですか？～
37 My dearアレながおじさん
38 狂＊師～ねらわれた制服～
39 UP!
40 魔薬
41 臨界点
42 絶望～青い果実の散花～
43 美しき獲物たちの学園 明日菜編
44 淫内感染～真夜中のナースコール～
45 My Girl
46 面会謝絶
47 偽善
48 美しき獲物たちの学園 由利香編
49 せ・ん・せ・い
50 sonnet～心かさねて～
51 リトルMyメイド
52 flowers～ココロノハナ～
53 サナトリウム
54 はるあきふゆにないじかん
55 プレシャスLOVE
56 ときめきCheck in!
57 散櫻～禁断の血族～
58 Kanon～雪の少女～
59 セデュース～誘惑～
60 RISE
61 虚像庭園～少女の散る場所～
62 終末の過ごし方
63 略奪～緊縛の館 完結編～
64 Touchme～恋のおくすり～
65 淫内感染2
66 加奈～いもうと～

67 PILE・DRIVER
68 Lipstick Adv.EX
69 Fresh!
70 脅迫～終わらない明日～
71 うつせみ
72 Xchange2
73 M.E.M.～汚された純潔～
74 Fu・shi・da・ra
75 絶望～第二章～
76 Kanon～笑顔の向こう側に～
77 ツグナヒ
78 ねがい
79 アルバムの中の微笑み
80 ハーレムレーサー
81 絶望～第三章～
82 淫内感染2～鳴り止まぬナースコール～
83 螺旋回廊
84 Kanon～少女の檻～
85 夜勤病棟
86 使用済～CONDOM～
87 真・瑠璃色の雪～ふりむけば隣に～
88 Treating 2U
89 尽くしてあげちゃう
90 Kanon～the fox and the grapes～
91 もう好きにしてください
92 同心～三姉妹のエチュード～
93 あめいろの季節
94 Kanon～日溜まりの街～
95 贖罪の教室
96 ナチュラル2 DUO 兄さまのそばに
97 帝都のユリ
98 Aries
99 LoveMate～恋のリハーサル～

最新情報はホームページで！　http://www.parabook.co.jp

〈パラダイムノベルス新刊予定〉

☆話題の作品がぞくぞく登場！

134. Chain 失われた足跡

ジックス　原作
桐島幸平　著

　東雲武士は都会の暗部を己の才覚のみで渡りきる敏腕探偵だった。しかし高校時代の同級生鞠絵に依頼された浮気調査が、意外な殺人事件へと発展していく。事件解決の手掛かりは…!?

143. 魔女狩りの夜に

アイル　原作
南雲恵介　著

　中世ヨーロッパ風の田舎町に、新しい神父が赴任してきた。しかし彼には信仰心などなく、むしろ神を憎悪さえしていた。そして神父という立場を利用し、町の女たちに魔女の嫌疑をかけ、凌辱を繰り返すが…。